Rachel Corenblit hat sich in Frankreich schon als Jugendbuchautorin einen Namen gemacht, bevor sie mit *Einmal lieben geht noch* ihren ersten Roman für Erwachsene schrieb. In ihn flossen die Erfahrungen vieler weinseliger Gespräche mit (Single-)Freundinnen ein, aber auch eines Philosophiestudiums und ihrer Arbeit als Lehrerin. Sie lebt mit ihrem Mann und ihren beiden Kindern in Toulouse.

Einmal lieben geht noch in der Presse:

»Ein Riesenspaß!« *Elle*

»Unterhaltsam, schonungslos offen und sehr berührend!« *DestiMed*

»Das Geständnis einer ebenso leidenschaftlichen wie talentierten Romantikerin … ein großartiges Buch!« *La Depèche*

»Rachel Corenblit zeichnet mit Talent das Porträt einer ganz und gar modernen Heldin.« *Version fémina*

»Ein Roman, der uns den Spiegel vorhält und in dem sich viele Leserinnen wiedererkennen werden.« *Radio Télévision Belge*

»Bissig, überraschend, intelligent.« *Express styles*

RACHEL CORENBLIT

Einmal lieben geht noch

Roman

Aus dem Französischen von
Ina Kronenberger

PENGUIN VERLAG

Originaltitel: *Quarante tentatives pour trouver l'homme de sa vie*
Originalverlag: Éditions du Rouergue, Arles

Quelle des Zitats auf S. 7: Roland Barthes
Fragmente einer Sprache der Liebe,
übersetzt von Hans-Horst Henschen,
Suhrkamp Verlag Frankfurt am Main, 1984, S. 192.

FSC
www.fsc.org
MIX
Papier aus verantwortungsvollen Quellen
FSC® C014496

Verlagsgruppe Random House FSC® N001967

PENGUIN VERLAG

1. Auflage 2016

Neumarkter Str. 28, 81673 München
Umschlag: Sabine Kwauka, München
Umschlagmotiv: retrorocket/gettyimages und retrorocket/shutterstock
Redaktion: Christina Riemann, München
Satz: Greiner & Reichel, Köln
Druck und Bindung: GGP Media GmbH, Pößneck
Printed in Germany
ISBN 978-3-328-10008-9
www.penguin-verlag.de

Dieses Buch ist auch als E-Book erhältlich.

Für die Töchter von P. Bert,
auf unsere fröhlichen und turbulenten Jahre

»Wissen, dass man nicht für den Anderen schreibt, wissen, dass die Dinge, die ich schreibe, mir nie die Liebe dessen eintragen werden, den ich liebe, wissen, dass das Schreiben nichts kompensiert, nichts sublimiert, dass es eben *da, wo du nicht bist,* ist – das ist der Anfang des Schreibens.«

Roland Barthes, *Fragmente einer Sprache der Liebe*

1

Die Liebe im Allgemeinen …

Einer zieht die Nase hoch, einer beißt sich auf die Lippe, einer hat eine feuchte Aussprache, einer hat sich beim Rasieren geschnitten, einer hat schiefe Zähne, einer ein Doppelkinn, einer zittert, bevor er sich hinsetzt, zittert, während er dasitzt, zittert beim Aufstehen, einer gähnt während der Unterhaltung mitten im Satz oder kratzt sich immer wieder im Gesicht, bis sie ihm am liebsten die Hand abbeißen würde. Einer schaut auf die Uhr, auf sein Handy. Auf das leuchtende Display zwischen ihnen, das neben der Untertasse mit den Erdnüssen liegt, eine Maschine auf dem Tisch, die blinkt und vibriert, die ihr mit Verachtung begegnet und sich alle Rechte herausnimmt, und sie überlegt, dass sie diese blöden Teile den Männern gern in den Allerwertesten schieben würde, dann holt sie ihr eigenes heraus, legt es demonstrativ vor sich. Auf dass die Waffen ebenbürtig sind.

Der eine zieht wieder die Nase hoch, hat kein Taschentuch dabei, man kann sich vorstellen, wie er sich die Nase an der Tischdecke oder mit dem Hemdsärmel abwischt, und sie sucht an der entsprechenden Stelle nach Spuren. Einer kaut Kaugummi oder eine Pastille oder ein Ricola-Bonbon, um keinen Mundgeruch zu haben, und verpestet die Luft mit einer transalpinen Mentholbrise. Einer hat ein Stück Salat zwischen den Vorderzähnen und kaut Kaugummi, weil er weiß, dass sich in seinen Zähnen gern was verfängt, was nicht schön aussieht, darum kaut er weiter, gibt sich alle Mühe, seine Eckzähne sauber zu halten, ohne Erfolg.

Einer schaut ihr nicht in die Augen. Er weicht aus, lenkt ab, redet drum herum, und sein Blick prallt auf die glatte Oberfläche ihres Schweigens. Schlimmstenfalls stottert er, bestenfalls bringt er ein Flüstern heraus. Seine Hände schwitzen, sein Rücken wird feucht und seine Stirn trieft, ganze Bäche stürzen sich herab, um sich in seinen terrassenartigen Falten zu verlieren.

Einer zählt sein Geld, rechnet beim Zahlen zweimal nach und drückt die Tasten des Kartenlesers ganz fest, um sich ja nicht zu vertippen und noch einmal von vorn anfangen zu müssen. Einer zieht die Geldscheine aus der Hosentasche, fette Scheine, einmal in der Mitte gefaltet, die noch nach Bankschalter riechen, und überprüft aufs Genaueste, ob das den gewünschten Effekt hat, wie ein mittelmäßiger Schauspieler. Macht viel Wind um nichts.

Einer ist geduldig, wartet darauf, dass *sie* die Entscheidung trifft, dass sie ihm erliegt, ist ein Fan der Stille und des Austauschs leidenschaftlicher Blicke, erinnert an einen Fisch. Einen Dorsch, einen Kabeljau in den Auslagen der Fischabteilung im Supermarkt, das Eis tropft auf die Fliesen, die von den Einkaufswagen der Kunden schmutzig geworden sind.

Einer kann nicht warten, hat keine Geduld und geht

gleich aufs Ganze. »Willst du?«, fragt er, als würde er wirklich glauben, dass sie sofort Lust auf ihn hat. »Du machst mich total an«, sagt er. Aber sie ist beliebig austauschbar, könnte wer auch immer sein, was auch immer. Brachliegendes Gelände und er, der Bulldozer für eine schnelle Nummer.

Einer fasst sie beim Sprechen an. Ihre Hand, ihren Arm, ihren Fuß, ihr Bein. Klebt an ihr, obwohl er ihr gegenübersitzt und der Tisch eine natürliche Barriere bildet. Er streift ihre Lippen, wenn er sie auf die Wange küsst. Er ist höflich, siezt sie, und in ihr schüttelt sich alles, alles, sie würde ihm am liebsten einen Tritt ans Schienbein verpassen, ihn an seinem Rettungsring packen, der aus der engen Hose ragt.

Einer trägt eine enge Hose. Hat Beine wie eine Heuschrecke, lebt schon zu lange auf der Erde, hat schon Ägypten und die anderen sechs Plagen hinter sich. Mit Armen dünn wie Hühnerknochen.

Oder gemästet wie ein Osterlamm, das im eigenen Saft schmort.

Einer hat einen flachen Po und trägt eine viel zu weite Hose. In der Regel eine Jeans mit großen Taschen und auffälligen Nähten, die sein plattes Hinterteil noch flacher erscheinen lässt. Einer hat eine viel zu kurze Hose, die oberhalb der behaarten Knöchel endet, wodurch die weißen Socken mit je einem gelben und roten Streifen am Bündchen zum Vorschein kommen, und o Gott sind die hässlich, sie sind der Inbegriff von hässlich, von unschön, ein Affront gegen jede Form von Ästhetik, gegen den Sinn von Schönheit, die Moderne, die Griechen und Apollo.

Einer trägt Mokassins. Aus Nubukleder. Mit Bommeln.

Einer hat Haare in der Nase. In den Ohren.

Einer hat zusammengewachsene Augenbrauen und macht sich nicht klar, welche eindimensionale Wirkung ein derart überragter Blick hat.

Einer beendet jeden Satz mit den Worten: »Na klar.« Na klar. Und sie erklärt ihm, dass ihr Leben nicht einfach ist und ihre Arbeit viel Zeit in Anspruch nimmt und dass es ihr nicht leichtfällt, anderen zu vertrauen, eine Beziehung einzugehen, und er nur: »Na klar«, und jedes Mal, wenn er mit seiner Männerstimme »Na klar« sagt, will sie am liebsten flüchten, aufgeben, sich einschließen, dem Leben seinen Lauf lassen, ohne sich an Ästen festzuhalten. Einfach nur ganz viel schlafen. Na klar.

Einer sagt ständig: »Oder«. Wie ein Punkt am Ende. Ein Komma. Hängt an alle Sätze ein »Oder« an, und die kleine Frage, die Verzögerung klingt fast wie eine Antwort. Oder?

Einer kommt direkt vom Friseur, hat sich eine Jacke gekauft, an der noch das Etikett hängt und wie ein Preisschild hin und her baumelt.

Einer bewegt sich wie im Ring und zählt die Punkte, bevor er sie zu Boden ringt, sie auf die Matte legt, sie nach unten drückt bis zum K.o. Bis sie die Hand hebt und aufgibt, sich geschlagen gibt, und mit dem Glas Champagner, das er sich bestellt hat, feiert er seinen Sieg.

Einer niest, und sie reicht ihm ein Papiertaschentuch, und er schnäuzt sich wie ein Fünfjähriger und bedankt sich. Am liebsten würde sie verduften, Hals über Kopf davonstürmen und ihn seinem Rotz überlassen, bevor dieser auf sie schwappt, sie überflutet und komplett bedeckt.

Auch der Nächste niest, und sie fragt ihn zum Spaß: »Reagierst du allergisch auf mich?«, und er antwortet voller Ernst, ohne die Augen zusammenzukneifen: »Kann gut sein, dein Parfüm vielleicht …«

Der Nächste niest, und dieses Niesen ist eins zu viel, der finale Schuss, und sie geht, ohne ihren Kaffee zu bezahlen, ihre Cola, ihr Wasser mit Erdbeergeschmack, ihr gespritztes Bier, ohne sich umzudrehen, ohne eine Erklärung abzugeben, weil sie keine Erklärung hat.

2

Die Liebe auf einer Hochzeit …

Das schnulzige Geträller ihrer Cousine, die zur Hochzeit sämtliche Cousins eingeladen hat, hallt durch den Festsaal in Villefranche-de-Lauragais, einem typischen Kaff, geschmückt mit pastellrosa Luftballons, die zu großen Trauben zusammengebunden sind. Riesige Schleifen aus rauem Kreppppapier an den Stühlen, im selben Rosaton wie die Luftballons, Tischdecken mit Salzflocken bedeckt, die später das Essen würzen, schiffsförmige Tischkärtchen mit Reliefdruck, die anzeigen, dass man im richtigen Hafen gelandet ist und endlich festmachen kann.

Eine Hochzeit.

Lucie gehört zu den eingeladenen Cousinen, sie ist die Tochter der Schwester des Vaters der Braut, auf der Einladungskarte war sie gebeten worden anzugeben, ob sie in Begleitung zu erscheinen gedenke. In Fettschrift. Sie hat nicht geantwortet. Somit ist die Sitzordnung klar. Sie landet in »Jamaika«. Unweit vom Tisch »Guadeloupe«, der die Opis und Omis versammelt, die mit den Köpfen wackeln und bei den ersten Tangoklängen in Verzückung geraten.

Zehn am Tisch. Fünf Jungs, fünf Mädels. In ihrem Alter spricht man nicht mehr von Jungs und Mädels, man sagt:

Männer und Frauen. Die Singles des heutigen Abends. Die keine bessere Hälfte haben und die man auf gut Glück zusammenwürfelt. Sie ist nicht die Älteste. Hélène schlägt alle. Mit sechsundvierzig. Ihr Mann ist letztes Jahr abgehauen, ohne Vorwarnung, ohne Erklärung, einfach so, seitdem nimmt sie seinen Vornamen nicht mehr in den Mund, verbietet den Kindern, zwei tollpatschigen Teenagern, mehr als zwei Tage am Stück in der Wohnung des Verräters zu verbringen. Sie will nicht wissen, mit wem er in wilder Ehe lebt, und erzählt allen, um zwanzig Ehejahre zu trauern sei so, als würde man sich einen Säbel in den Bauch rammen und ihn dann bis zum Kehlkopf nach oben ziehen. Hélène bedient sich großzügig beim Weißwein und wird am Ende des Abends auf einen Plastikstuhl im Garten sinken, unter der Linde, und ihre verflossene Jugend beweinen, ihre Fesseln, die immer dicker werden, und dass sie damals bei der Suche nach dem Bräutigam so wenig Grips bewiesen hat. Und sie wird rauchen, obwohl sie eigentlich damit aufgehört hat.

Die drei anderen Mädels wirken ziemlich verlebt, haben schon einiges hinter sich, eine professionelle Föhnfrisur, aufreizendes Lipgloss, und Lucie spürt, wie sie in den Startlöchern stehen, um loszulegen, alles zu geben, die eine lacht zu laut, und der etwas dickliche Dunkelhaarige neben ihr traut sich nicht, sie anzuschauen, und bedient sich an den Törtchen, um sich nichts anmerken zu lassen. Er ist der Sohn einer Tante, die in der Klapsmühle gelandet ist, weil sie sich alle naselang irgendwo erhängen wollte. Lucie meint sich zu erinnern, dass er Éric oder Patrick heißt, ein Vorname so sexy wie eine Tanzfläche nachmittags um zwei. Wäre sie großmütig, würde sie der Blonden stecken, dass es nicht nötig ist, so dick aufzutragen, der gute Éric ist willig. Er wartet nur auf eine Einladung. Ist sozusagen noch Jungfrau. Man muss schon sehr verzweifelt sein, um ihn erobern zu wollen, was sie übrigens zu merken scheint, die Miss Wetterbericht, sie dreht sich nämlich zu dem anderen Jüngling um. Der eine Glatze hat und nicht viel hermacht. Maximilien, der Entenbaron. Entenleberpastete. Entenkeule. Ein florierendes Unternehmen, was seinen abgeschmackten weißen Geländewagen erklärt, seine goldene Uhr und seine perfekt restaurierten Zähne. Sein Spitzname ist Donald Duck. Später auch Quak-quak, als sie den Weißwein, den Hélène serviert, damit Lucie sie auf ihrer Schlitterpartie begleitet, schon intus haben.

Lucie überlässt den Entenstopfer bereitwillig der Prinzessin. Sie hatten schon einmal das Vergnügen, bei einem Vettern- und Cousinentreffen, einem Festessen in einem anderen Saal hier in der Gegend. Er schmeckt nach seinen Produkten, ihr Cousin. Nach Ente. Anfangs hatte sie angenommen, die Ententerrine noch nicht richtig verdaut zu haben, aber er war schuld, sein Mund, seine Hände und sogar sein Körpergeruch erinnern an die Viecher, die er mästet.

Rechts von ihr Xavier, Amateursänger und Zahnarzt. Beängstigend dürr, in der Familie hält sich hartnäckig das Gerücht, er habe sich als Kind einen fiesen Bandwurm eingefangen. Ein riesiges Teil, das sich in ihm eingenistet hat, weshalb er nicht zunimmt und so bleich ist, als wäre er einer der Letzten der Menschheit. Wer verliebt sich schon in einen Kerl, dessen Gedärme vermutlich bewohnt sind?

Links von ihr Joris. Fünfzehn Jahre jünger als sie. Um die zwanzig und noch nicht verdorben, der allen Frauen zulächelt, auch den alten, mit einem Grübchen in der rechten Wange, die Haare zurückgegelt. Sein Auto ist getunt, und das Tattoo auf seinem Bizeps sieht von Weitem aus wie eine Telefonnummer. Vollkommen uninteressant.

Für einen Moment hatte sie den Funken eines Hoffnungsschimmers aufblitzen sehen. Ihre Mutter hatte ihr auf dem Anrufbeantworter eine Nachricht hinterlassen, wonach die Hochzeit sehr schön zu werden verspreche, mit vielen Gästen und viel frischem Blut, der Bräutigam habe eine Menge Kameraden, da könne man nie wissen, Hochzeiten mit Gästen, die bisher nicht mit von der Partie waren, könnten zu überraschenden Begegnungen führen und angenehm sein. Am liebsten hätte sie zurückgerufen und ihre Mutter beschimpft: Mama, wie kannst du so was zu mir sagen, in meinem Alter, als bräuchte ich dich, um jemanden zu finden. Trotzdem war die Saat gelegt. Die Saat der Illusion. Auf dem Standesamt hatte sie die Runde gescannt. Kein Schwein, das als Jagdtrophäe herhalten könnte. Vor allem Paare. Alte. Bekanntes Terrain, hundertmal durchmessen.

Bis auf den einen, der ihr gegenübersitzt. Auf seinem Tischkärtchen steht *Claude*, und das klingt sehr nach einer anderen Generation, aber sein Gesicht ist wohlproportioniert. Er hat blaue Augen, ein sauber gestutztes Bärtchen, gepflegte Hände und einen Anzug, der nicht nach Verkleidung aussieht. Er ist Einhandsegler, schließlich ist er auf ihrer Insel der Verbannten gestrandet, und sie schaut verstohlen zu ihm hinüber, um zu sehen, ob er das Wendemanöver beherrscht. Sein Fernglas scheint defekt zu sein. Er ist eher auf das Dekolleté des kleinen Lockenkopfs abonniert, die glückselig lächelt, was sie sich angesichts ihrer Körbchengröße auch erlauben kann. Er beugt sich zu der Kleinen, und schon ist Lucie eifersüchtig, total eifersüchtig, wahnsinnig eifersüchtig, und sie wünscht sich nur, dass er den Kopf dreht und sie anschaut und sie diesem Ausbund an Schwabbelfleisch vorzieht, und sie verbringt ihr Leben damit, einem solchen Augenblick hinterherzulaufen.

Während dieses nicht enden wollenden Abends, einer Abfolge an Gratulationen und gewagten musikalischen Einlagen wird er kaum das Wort an sie richten, wird ihr kaum zulächeln, nicht zu Boney M. mit ihr tanzen, auch nicht zu *Alexandrie Alexandra*, ihr zwar eine Zigarette anbieten, aber eher widerstrebend. Er wird sie zum Rauchen nach draußen begleiten und sich mit ihr unterhalten, über das Wetter, über ihren Verwandtschaftsgrad zum Brautpaar, er ist Cousin dritten Grades, und jawohl, er ist Single, und natürlich ist es unangenehm, die Einsamkeit, na klar, aber man gewöhnt sich dran, arrangiert sich, und er drückt seine Zigarette aus, die er erst zur Hälfte geraucht hat, und kehrt in den Saal zurück, lässt sie mit Joe Dassin und den Sternen allein, und sie wartet auf Hélène, um auf einen Plastikstuhl unter der Linde zu plumpsen, die ihren weißen Blütenstaub und die Last ihrer müden Äste auf ihnen abladen wird.

3

Die Liebe unter der Discokugel …

»Und« (sie fragt, um eine Unterhaltung in Gang zu bringen, weil sie sich gegenüberstehen und nicht wissen, wie sie eine Unterhaltung in Gang bringen sollen, weil sie sich fast verstohlen zulächeln, weil sie von einem Bein aufs andere treten, weil es schon nach Mitternacht ist und es draußen allmählich abkühlt und weil sich als musikalische Untermalung die Rolling Stones gerade warmsingen, *I can't get no satisfaction*, was letztlich ganz gut passt), »was bist *du*?«

»Was ich bin?«

(Sie lacht, ein albernes Lachen, ein kehliges Lachen, ein verkrampftes Lachen, ein bescheuertes, fast verzweifeltes Lachen, sie weiß es ja, die Frage ist echt bescheuert.) »Ich meine, im Verhältnis zu den Brautleuten …«

»Ach so« (sagt er. Er zieht an seiner Zigarette, was ihm im Halbdunkel eine Sekunde lang das hohlwangige Aussehen eines Grubenarbeiters verleiht, der nach einem Tag in der Zeche wieder an die frische Luft gekommen ist). »Ich bin ein Cousin von Martin. Dritten Grades.«

»Dritten Grades«, wiederholt sie. (Die Wiederholung in der Kommunikation ist eine Möglichkeit, mit jemandem in Beziehung zu treten, das Phänomen der Empathie zu vergrößern.) »Das ist nicht gerade nah. Ich meine, eine entfernte Verwandtschaft.«

Er tritt einen Schritt zurück, um das Gesagte zu bestätigen, und der dadurch entstehende Luftzug stimmt sie seltsam traurig, sie ist enttäuscht, und wenn sie betrunken wäre, würde sie sich ihm in die Arme werfen, und oft bereut sie es, dass sie nicht genug trinkt, um in dieser allerletzten Handlung Zuflucht zu suchen. Sich ohne Netz in jemandes Arme zu werfen.

»Ja«, sagt er schließlich. »Aber wir sehen uns trotzdem. Bei großen Anlässen, Feiern. Hochzeiten, Taufen, das ist der Zement, der die Familien zusammenhält.«

Sie selbst muss an all die Menschen denken, die bisher in diesem Zement versenkt wurden, zu Tode erstarrt, und sie hätte durchaus Lust, ihm André Gides Tirade *Familien, ich hasse euch* entgegenzuschleudern, die alte Leier herunterzurattern von wegen, *man sucht sich seine Eltern nicht aus, man sucht sich seine Familie nicht aus*, aber er wirkt so humorlos, der gute Claude, dass sie die Klappe hält, und weiter geht's mit Elvis Presley.

»Und« (sie macht weiter, beherzt, das muss man ihr lassen, diese Qualität kann man ihr nicht absprechen, sie strengt sich an, lässt nicht so leicht locker), »bist du allein hier?«

»Ja«, antwortet er.

»Oje«, sagt sie.

»Warum oje, so ist es halt, c'est la vie. Für mich ist das kein Problem, mir macht das nichts aus.«

Es macht ihm nichts aus? Allein aufzustehen und allein schlafen zu gehen, im Badezimmer mit sich selbst zu reden und von der eigenen Stimme überrascht zu werden, all die nur allzu wahren Klischees über Einsamkeit, die Tiefkühlkost allein vorm Fernseher oder vorm Computer, und womöglich hat er eine Katze. Sie hat eine Theorie zu Katzen von Singles, aber die behält sie für sich. Erzählt sie ihm nicht, es könnte sein, dass er sie nicht versteht. Allerdings scheint er ihre Zweifel zu sehen, als die Reflexe der Discokugel für ein paar Sekunden ihr Gesicht erhellen.

»Ich hab so meine Gewohnheiten. Gewohnheiten sind nichts Schlechtes. Sie sind angenehm, und angesichts meiner Ex, na ja, das ist eine komplizierte Geschichte, habe ich es wahrlich nicht eilig, mich wieder zu binden. Das hat keine Priorität!«

Der Rauch seiner Zigarette verwandelt sich in ein Ausrufezeichen, das kurz über ihnen schwebt und dann das Weite sucht, im Weltall verschwindet.

»Nicht so einfach, die Sache mit den Exen« (Satz ohne Verb, simple Wortstellung, syntaktisch gesehen eher unspektakulär, der Satz wird sie noch oft heimsuchen).

Er zuckt mit den Schultern und wirft seine Zigarette weg, als wollte er einen Schlusspunkt setzen unter einen komplizierten Text. Gern würde sie ihm ihre eigene Geschichte erzählen, von ihrem Ex, seiner Begeisterung für Ameisen und wie er in ihrem Schlafzimmer einen Parcours aufgebaut hat. Aus Glas und Plastik. Riesig. Zwei Terrarien, durch kilometerlange durchsichtige Schläuche miteinander verbunden, die sich um ihr Bett gewunden haben, darüber, darunter und entlang der gegenüberliegenden Wand. Nachbildung einer ganzen Welt, und er beobachtete ihre Wege, und sein Ehrgeiz bestand darin, den Algorithmus einer Kolonie zu finden. Mithilfe von Essensresten, die sie den Biestern hinlegten, die möglichen Bahnen am Ende komplexer Labyrinthe zu untersuchen, gewählte und permanent modifizierte Umwege, und sie mussten wirklich alles geben, die Ameisen, um ihre Kost zu finden. Sobald eine Aufklärerin eine Quelle ortet, informiert sie ihre Kameraden, damit diese sie auf schnellstem Wege finden, ohne ihre Energie zu verschwenden, und Pascal sagte: Die Pheromone, die sie abgeben, du kannst dir nicht vorstellen, wie entsetzlich die stinken, und ihr Schlafzimmer war erfüllt von diesen Pheromonen zum Auffinden der Nahrung, und sie glaubt, nein, sie weiß es genau, dass sie es gründlich satthatte und es an diesen unsichtbaren Gerüchen lag, die in ihr Gehirn eindrangen, dass sie sich anschließend trennten.

Der gute Claude bleibt noch ein paar Sekunden stehen, und vielleicht würde er die Unterhaltung gern fortsetzen, aber ihm ist kalt. Er könnte sie anlächeln, sich ein bisschen Mühe geben. Sie verlangt ja nicht viel. Eine freundschaftliche Geste, das Gefühl, etwas gemeinsam zu haben, da fällt ihr Joe Dassin mit seiner unmodernen, schmalzigen Stimme ins Wort, die von bedingungsloser Liebe singt. *On ira. Où tu voudras. Quand tu voudras.*

»Ich geh tanzen«, sagt er.

»Geh« (antwortet sie und lächelt. Was folgt, bleibt ungesagt als stumme Verbeugung vor Corneille: Geh, ich hasse dich nicht, du Spießer.)

4

Die Liebe in der Schule …

Ihr Team, das heißt die sieben Lehrer der Schule *Rive Droite*, besteht im Wesentlichen aus Lehrerinnen, also aus Mädels. An ihrer Arbeitsstelle jemanden kennenlernen zu wollen ist so aussichtslos, wie einen Pudding an die Wand zu nageln. Null Chance. Niente. Nicht der Hauch einer Hoffnung bei den Kollegen, es sei denn, man änderte seine sexuelle Orientierung.

Männer im Schulbetrieb sind wie Klatschmohn. Vermeintlich sichtbar, knallrot und Gift für die Augen, wenn man sich zu nahe heranwagt, doch seit einiger Zeit vermisst man ihn auf den Wiesen. Oder man findet ganze Büschel davon an einer Stelle neben der Nationalstraße. Ohne erkennbaren oder logischen Grund.

Die Umweltverschmutzung ist schuld.

Vor ein paar Jahren konnte man noch welche finden. Männer, nicht Mohnblumen. In ihrer Schule. Der Rektor hatte sich dem Kampf gegen Privatschulen verschrieben und trat entschieden für die Trennung von Staat und Kirche ein. Mit seiner gewaltigen Stimme, die nach ausgehungertem Menschenfresser klang, jagte er den Kleinen Angst ein, in seiner Klasse muckte nicht ein Schüler auf. Er war lange Zeit mit einer Schulpsychologin verheiratet, die nur dann auflebte, wenn es um Fälle von Inzest, elterlichem Missbrauch und Gewalt gegen Kinder ging. Monique hieß sie. Überall, beteuerte sie, überall findet man diese leidenden, schweigenden Kinder. Man muss wachsam sein. Beim Spielen ließ sie die Kleinen nicht aus den Augen, hielt eifrig nach verdächtigen Indizien Ausschau. Schließlich verließ sie ihren Mann für einen Lokführer, der sie in seinem TGV von Paris nach Toulouse entführte und die Maschine auf den wenigen zulässigen Strecken an die Leistungsgrenze brachte, um sie rumzukriegen, und schon ließen sie die Kindesmisshandlungen kalt. Der Rektor verließ die Schule und vergrub sich in einem kleinen Ort, einem gottverlassenen Nest mit nur einer Klasse.

Letztes Jahr kam dann ein Jüngelchen frisch von der Uni und noch grün hinter den Ohren. Etwas unsicher wankte er auf seinen Babybeinchen durch die Gegend. Kein richtiger Mann, wenn man die Standardkriterien für diese Gattung anlegt. Nett und von den Ereignissen überfordert. Die anderen Mädels verwendeten viel Zeit darauf, ihn zu beruhigen, ihn zu trösten, ihn in den Arm zu nehmen, als wäre er ein harmloser Teddy, was vielleicht keine schlechte Taktik war, das musste Lucie durchaus zugeben.

Auch der Vertretungslehrer des Schulbezirks ist ein Mann. Der Motorrad fährt, um schneller durch den Verkehr zu kommen und seine vielen Fahrten zu bewältigen. Er erscheint in Lederjacke mit verbeultem Helm, schiefem Schnurrbart, etwas abgefahren mit seinen fünfzig Jahren, und er ist ein wahrer Schmeichler, der gute Matthieu, aber nichts für sie, sie weicht ihm aus, und wenn er ihr im Lehrerzimmer zur Begrüßung Küsschen auf die Wangen drücken will, steckt sie die Nase in den Kaffeebecher, stürmt zum Kopierer oder geht nach draußen, um die Kinder auf dem Schulhof zu beaufsichtigen. Lieber das Gebrüll der Schüler und eine abgefrorene Nase als seine schamlosen Blicke.

Auch der Oberschulrat ist ein Mann. Mit Krawatte. Blank geputzten Schuhen. Einem grauen Regenmantel, für alle Wetterkapriolen gerüstet. Als er Ende März zu ihr in den Unterricht kam, hatte sie eine Art makabre Hoffnung aufgebaut. Ihre Ordner, ihre Unterlagen standen fein säuberlich in Reih und Glied, ein Vorbild an pädagogischer Tugend, und sie trug ihren kürzesten Rock, der ihre Taille unterstreicht, Schmuck und auch Parfüm. Er blieb nur eine Stunde. Sah die Hefte durch. Die Mitteilungen. Ihre Arbeitsblätter für Stillarbeiten, die Anordnung der Tabellen und lenkte das Gespräch auf die Notwendigkeit, mit den Mitteln der Differenzierung zu arbeiten und die Heterogenität einer Klasse mit derart markantem Profil zu wahren. Sie beantwortete alle seine Fragen und wartete auf eine persönliche Bemerkung, die das Gespräch auf eine etwas eindeutigere Ebene heben könnte, aber er reichte ihr nur die Hand und strebte zum Ausgang. Ohne sich umzudrehen. Entsprechend schlecht fiel seine Bewertung aus.

Die zwei Männer von der Gemeinde, die Pannen beheben, Reparaturen ausführen und die Löcher im Schulhof stopfen, zählen nicht. Sie schauen nur kurz herein, im Blaumann mit neongelber Armbinde, und grüßen nicht, als wäre der Klassenkampf noch heute aktuell.

Der Hausmeister, Monsieur Marquetti, der oft den Schrankenwärter gibt, wenn Eltern Grenzen zu überschreiten drohen, hat nichts von einem Sexsymbol und ist nicht der Mann, der etwas bei ihr auslösen könnte. Er steht kurz vor der Rente und sperrt sich in sein Kabuff ein, sobald es um 16:30 Uhr zum letzten Mal klingelt.

Der Sportlehrer. Jean-Luc. Seine hohen sportlichen Qualitäten, wenn er die aufgeregten Kleinen mit der Geschicklichkeit eines Dompteurs bändigt, will sie ihm gar nicht absprechen. Von hinten wäre er sogar akzeptabel, der gute Jean-Luc, aber von vorn, im Gespräch sieht er aus wie Hulk, der an wiederkehrendem Gedächtnisverlust leidet. Er vergisst die Namen der Kinder und spricht sie alle mit »He, du!« an. Ohne Unterschied, und er kugelt sich vor Lachen über jeden noch so bescheuerten Witz. Sie hat ständig Angst, dass er in den Umkleiden brüllt: »Wer jetzt noch nackt ist, ist eine Schwuchtel«. Was bei den Eltern der Schüler sehr gut ankäme.

Die anderen Mädels beschweren sich nicht weiter über diese männliche Wüste. Sie sind nicht auf der Suche. Fünf von den sieben haben einen festen Freund, einen Ehemann, einen Lebensgefährten, einen Partner, einen Liebsten. Die kommen zur Feier am Schuljahresende und helfen beim Aufräumen der Bühne und beim Stapeln der Stühle. Sie sind ganz sympathisch und ahnen nicht, dass Sophie nach einem Glas Mojito erzählt hat, ihr Arthur kriege keinen mehr hoch, dass Leila, ebenfalls nach einem Glas Mojito, gestanden hat, Ludo, ihr Ludovic, der gutmütigste Mensch, rieche nach Sardinen und sie hasse diesen Geruch. Dass Marie ihren Charles mit dem

Architekten betrogen hat, der ihren Hausbau organisiert, und dass das heikel ist, um einen Euphemismus zu verwenden, weil sie geschrien hat wie noch nie und mit dem Kopf im Kopfkissen fast erstickt wäre. Nathalie, die keinen Alkohol trinkt, hat gar nichts gesagt, und falls Alkohol die Zunge lockert, macht Orangensaft depressiv, sie hat nämlich angefangen zu heulen, und Christine, die drei Gläser Mojito intus hatte, hat sie daraufhin auf den Mund geküsst.

Gegen Ende des Abends hat Lucie Carine, die Letzte im Bunde, ihre Single-Schwester mit Pagenkopf und Brille und Gouvernantengehabe, gefragt, ob sie noch Jungfrau sei oder lesbisch und ob sie der Meinung sei, das Single-Dasein sei auf das Aussehen zurückzuführen. Was der Grund dafür sein könnte, dass Carine einen Monat lang kein Wort mit ihr sprach.

Bleibt noch der Postbote, aber der gehört nicht zum Team.

5

Die Liebe im öffentlichen Nahverkehr …

Auch sollte man sich nicht zu wählerisch zeigen. Man sollte die Chance ergreifen, das berühmte *carpe diem* befolgen.

Sie sitzt im 64er Bus, der stotternd die Avenue entlangfährt und hin und her schaukelt. Das Wort gefällt ihr, »schaukeln«. Wie ihr Leben, das sich gerade sehr schaukelig anfühlt und ihre Tage, die ohne Chaos, ohne Überraschungen verlaufen, ein einziges monotones, düsteres Schaukeln.

Kaum Leute heute Abend. Zwei Jugendliche mit Käppi, ein Alter, der vor sich hin starrt, ohne zu blinzeln, und dessen rechte Hand zittert. Ein paar Köpfe über Handys gebeugt, Ohrstöpsel in den Ohren. Ein Baby im Buggy, dessen Mutter kurz vorm Einschlafen ist.

Sie hat sich ganz nach hinten gesetzt. Ein uralter Reflex, sich für einen der hinteren Plätze zu entscheiden. Als sie jung war, waren diese Plätze den Glücklichen mit der größten Klappe vorbehalten, die sich versteckten, um einen Zungenkuss zu genießen, der die ganze Fahrt über andauerte. Ohne jemanden zu küssen, ist sie auf dem Weg nach Hause in ihre kleine Wohnung, eine Zweizimmerwohnung mit offener Küche, dritter Stock ohne Fahrstuhl, mit Balkon, Elektroheizung, gesprungener Kloschüssel, die sie am Tag nach ihrer Trennung, als sie händeringend nach einer Bleibe suchte, über einen Bekannten ihres Vaters bekommen hat. Es war ursprünglich als Übergangslösung gedacht. Jetzt kommt es ihr wie eine Ewigkeit vor. Sie hat noch nichts an die Wand gehängt.

Es ist spät. Fast zwanzig Uhr. Sie hat das Klassenzimmer aufgeräumt, die Hefte korrigiert und den Vögeln im Schulhof gelauscht, die aus voller Kehle gesungen haben, der Nachmittag ist wie im Flug vergangen, ohne dass sie es mitbekommen hat. Als befände sie sich außerhalb der Zeit.

Diese Dehnbarkeit der Zeit geht mit dem Schaukeln einher.

Der Mann steigt vorne beim Fahrer ein, weit weg. Der Bus ist lang mit einem Gelenk, das ihm eine gewisse Beweglichkeit verleiht, flexiblen Wänden wie ein Akkordeon, und wenn man die Mitte passiert, wird man durchgeschüttelt und hin und her geworfen. Die Kinder lieben das.

Ein großer Mann mit Kopfbedeckung, einer Art Stoffmütze im alten Stil, kariert, Lederjacke und Jeans, und sie folgt ihm mit Blicken, unbewusst, ohne Kalkül. Ohne Hintergedanken.

Er geht durch den Bus, taumelt leicht. Plötzlich fällt er fast auf die rechte Seite, und sie hält den Atem an.

Er sieht sie nicht.

Die Plätze um ihn herum sind frei. Er geht weiter, nähert sich der heiklen Passage, dem weichen Bauch, dem neuralgischen Punkt, ohne zu fallen. Er findet sein Gleichgewicht. Lässt die Risikozone hinter sich. Atmet auf.

Hebt den Kopf. Begegnet Lucies Blick.

Draußen herrscht dunkle Nacht, und ihre Spiegelbilder in den undurchdringlichen Scheiben zu beiden Seiten werden von den Blitzlichtern der Autoscheinwerfer und Straßenlaternen angestrahlt, die die Stadt zu bieten hat. Ein Geschenk. Eine großzügige Geste. Ein stilles Feuerwerk, um die Begegnung zu feiern.

Sie lächelt nicht.

Bleibt hängen.

Am Blick des Fremden. Ohne sich abzuwenden. Mutig, wild, und sie könnte die Lektüre wieder aufnehmen oder die Stirn an die Scheibe drücken, um nachzusehen, wo der Bus gerade langfährt.

Er bleibt beim Ausstieg stehen und lehnt sich an die Stange, lässt Lucie nicht aus den Augen, höchstens für eine Sekunde, das ist nichts.

Ist der Körper so programmiert, dass er auf Situationen reagiert, die im Verhaltensregister für seine Fortpflanzung exakt vorhergesehen und festgeschrieben sind? Pascal würde das bestätigen und den oberlehrerhaften Ton des Biologie- und Geografie-Dozenten annehmen, der er ja auch ist: Lucie, du naives Geschöpf, glaubst noch an die Liebe und die Vorsehung, dabei ist alles eine Frage gut organisierter Gene, dosierter Hormone und verwickelter DNA-Stränge.

Darum hat sie ihn unter anderem auch verlassen, wegen dieses kategorischen Tons, dieser Manie, die Menschheit in feste Schubladen zu stecken und ihr eine zu kleine zuzuweisen, und sie weiß nicht, warum sie genau jetzt an ihn denkt, wo ein Mann sie anschaut, wo wahrhaftig glühend heiße, unsichtbare Wellen hin- und hergeschickt werden, und ein solcher Moment ist so selten und kostbar, den darf man auf keinen Fall kaputtmachen.

Sie verscheucht Pascal, verbannt ihn in die hintersten Winkel ihrer Großhirnrinde. In den kalten und vernünftigen Teil, der in der Lage ist, ihn zu knebeln und zum Schweigen zu bringen.

Der Mann schaut sie an und lächelt. Die Wirkung lässt nicht lange auf sich warten, und das vierzehnjährige Mädchen in ihr ist geradezu entzückt, wackelt mit den Hüften. Giggelt fast los, während sie die Beine zusammenpresst. Er ist kein Schönling. Kein umwerfender Typ, kein Männerideal, aber sein Lächeln ist so schlicht, so klar.

Ihr Bauch zieht sich zusammen. Soll er sich nur zusammenziehen, sollen sich ihre Härchen ruhig aufstellen, soll ihr Rücken von einem Schauder überzogen werden und ein Lächeln in ihrem Gesicht erscheinen, ohne dass sie es merkt, sie sieht darin eine Gymnastikübung.

Er lächelt sie an, und als der Bus bremst, lässt er los, und sein Körper wankt auf sie zu, und er könnte den Abstand zwischen ihnen mit einem Sprung überwinden, doch als die Tür aufgeht, quiekend wie eine Maus, der man die Kehle durchschneidet, steigt er aus. Wird von der Nacht verschluckt, und sie dreht sich nicht einmal um, lässt ihn hinter sich verschwinden.

Zwei Haltestellen. Für so eine kurze Strecke hat er den Bus genommen, was für eine Lusche, denkt sie, was für ein Faulpelz, ein verwöhnter Städter, der seine Beine nicht benutzen kann, aber es gelingt ihr nicht, sich das süße Vergnügen zu verderben.

Und sie scannt die nächsten Männer, die in den Bus einsteigen, in Erwartung weiterer Gelegenheiten, die sie ergreifen kann, aber es ist seltsam, komisch, wenn man weiß, was man sucht, findet man es nicht.

6

Die Liebe, der Alkohol und ein Wiedersehen …

Eine Party bei Adeline. Rolliges Kätzchen, wie sie mit zwanzig genannt wurde, die kleine Adeline. Weil sie blitzschnell Zigaretten drehen konnte und sich dann gern ins Heu legte oder was auch immer entfernt an ein Bett erinnerte.

Vor zwei Wochen hat sie Lucie angerufen und ihr Leben vor ihr ausgewälzt wie tiefgekühlten Blätterteig, der noch nicht sehr geschmeidig ist. Vor fast drei Monaten hat sie sich von ihrem Romuald getrennt, und Lucie hat überlegt, sie daran zu erinnern, dass es bei ihr selbst drei Jahre her ist, die Trennung von Pascal, aber ihre Freundin war nicht zu bremsen, darum hat sie nichts gesagt. Hat es über sich ergehen lassen. Die Gewichtszunahme aufgrund der Essstörung, die Klaustrophobie, die Brüste, die einer Schönheitskorrektur bedürften, Lippen, die aufzuspritzen wären, der neue Kater, der eine Katze ist und Mi-Au heißt, was kein Zufall ist, denn Adeline hat die Entscheidung, Schluss zu machen, an einem 15. August getroffen. Hat einen Schlussstrich gezogen, ist aus dem Einfamilienhaus am Stadtrand mit einem Grundstück von dreihundert Quadratmetern und Blick auf den Golfplatz ausgezogen, das sie gekauft hatten und das noch nach frischer Farbe roch.

Sie hat nicht gefragt, warum Adeline ihren Romuald verlassen hat, der, als sie zwanzig waren, eine Seele von Mensch war, ein Engel. Sie hat angenommen, dass auch der größte Engel nach einer Weile abstürzen kann. Sie hat kein Wort davon gesagt, dass Romuald von allen in der Clique am besten aussah und sie Adeline damals für einen Glückspilz gehalten hat, weil sie diesen Fisch an Land gezogen hatte, und dass es ein Jammer war, ihn wegzuwerfen, auch wenn er nicht mehr fangfrisch war.

Adeline wollte die jüngsten Entwicklungen feiern, die Sau rauslassen wie damals, als sie noch jung waren, und die zweite Hälfte der Unterhaltung war dafür draufgegangen, dass Adeline versucht hat, Lucie daran zu erinnern, wie sie zusammen in die Garonne gesprungen waren, von der dunklen Uferböschung, in einer Nacht, in der es in Strömen goss und sie zu viele Bierchen intus hatten. Lucie konnte sich nicht daran erinnern, ihr Gedächtnis hatte sich wohl im Wasser aufgelöst, und außerdem bestritt die Freundin das Gros der Unterhaltung.

Jetzt thront sie in der Mitte des Raums. Ihres kleinen Wohnzimmers, in das sich alle hineingepfercht haben. Die Musik voll aufgedreht. Etwa dreißig Menschen eng aneinandergedrängt, und Adeline in der Mitte, den Arm in die Luft gestreckt mit einer Flasche Champagner, die sie zuvor heftig geschüttelt hat, weshalb nun Tropfen der Glückseligkeit auf alle herabregnen.

Lucie wirft sich vor und zurück, die Arme eng am Körper, schüttelt sich vor Lachen. Das muss man sehen – wenn sie lacht – mit einem Alkoholpegel, der den kritischen Punkt bereits überschritten hat. Sie lacht und hat eine feuchte Aussprache, und sie hängt sich an andere, und wenn sie die Fremden nicht kennt, findet sie es noch lustiger und lacht noch lauter, und sie weiß, sie weiß, sie weiß, dass ihr morgen der Schädel brummen wird. Sie ist noch nicht an dem berühmten Punkt angekommen, wo sie sich jedem an den Hals wirft, aber sie ist nicht mehr weit davon entfernt.

Und außerdem kennt sie einige der anwesenden Männer. Sam, der ihr Fotokopien seiner Psychologie-Mitschriften an der Uni überlassen hat, der eine Mädchenhandschrift hatte, und Étienne, der den Ferrari seines Vaters fuhr, bis er ihn gegen eine Platane setzte, nicht weit von Saint-Tropez, und sie hatten ihn Paf-the-car genannt in Anlehnung an Pif, den Hund, mit dem er eine entfernte Ähnlichkeit besaß, hinsichtlich der Ohren. Die Männer sind gealtert, die Schläfen sind weiß geworden, sie haben Krähenfüße um die Augen, aber sie hat einige wiedererkannt und mit Sam hat sie angestoßen. In der Küche hat Étienne seine Hand auf ihre gelegt, einfach so, zwei Sekunden lang, sie haben sich angeschaut und er hat sich entschuldigt, nichts von Bedeutung, nur eine Berührung mit der Hand, nichts weiter, aber sie hat eine Freude gespürt in ihrem Bauch, und daran war nicht nur der Champagner schuld, und Étienne war das nicht verborgen geblieben.

Lucie lacht also auf der Tanzfläche in Adelines Wohnzimmer, und niemand hört die Klingel, niemand außer ihr. Eine altmodische Glocke, ding-dong, ding-dong, beharrlich, schrill, und das Geräusch hätte sie stutzig machen sollen, sie geht zur Tür, lässt sich nicht beirren, will dem Menschen draußen öffnen, und vielleicht ist es ein Mann, und dieses Mal ist es der Richtige. Eine tolle Begegnung. Auf die sie sehnsüchtig wartet, hofft. Eine perfekte Übereinstimmung zwischen ihrer Sehnsucht und dem Zufall.

Die Tür geht auf. Es ist Pascal. Höchstselbst. Mit seinem feinen Fuchsgesicht, seinen kurzen Haaren, seinen braunen Augen, seinem Blick, der töten kann.

Sie lacht, sie ist noch im Schwung, und nichts kann sie aufhalten, nicht einmal das böse Zwinkern dieses verfluchten Zufalls, der ihr nie zu Hilfe eilt. Hindernisse, Barrieren stellt er zwischen sie und eine mögliche Liebesgeschichte.

Sie umarmen sich nicht. Pascal weicht zurück, geht einen Schritt zur Seite, um ihr die junge Frau vorzustellen, die ihn begleitet. Joanna. Eine große Brünette, die Lucie um einen Kopf überragt. Schön wie eine griechische Statue. Die beiden Frauen begrüßen sich höflich. Das Paar geht weiter, und sie kehrt in den Brutkasten zurück, erstarrt, ist wie gelähmt, stocksteif, inmitten der anderen, die die Anzeichen der stillen Explosion, der sie beiwohnen, nicht erkennen. Das Erdbeben, *The Big One*, die San-Andreas-Verwerfung, die den kalifornischen Staat spaltet, der Ausbruch des Vesuvs, Pompeji von Asche bedeckt.

In der Küche hält sie den Kopf unter den Wasserhahn, das eiskalte Wasser, stößt an Teller, zerschlägt Gläser, die in der Spüle stehen, und das Wasser läuft ihr über das Gesicht, ihre Reaktion ist verblüffend, unglaublich. Nach so langer Zeit.

Als sie sich umdreht, steht er vor ihr.

Hält ihr ein Handtuch hin. »Danke«, sagt sie. Er entschuldigt sich, er hätte sich denken können, dass Adeline sie ebenfalls einlädt, er hätte die Einladung ausschlagen sollen, und sie sagt: »Nein, ist ja nicht schlimm, nach drei Jahren muss es doch möglich sein, dass wir uns sehen, begegnen ...« Sie unterhalten sich, und Pascal ist fast freundlich, aber sie kennt ihn zu gut, ihr Dummchen, ihren braven Pascal, den Freund der Natur, der Pflanzen und der Tiere, der Biosphäre und der Photosphäre. Er beschwichtigt sein Gewissen, und sie kann an diese elende Spüle gelehnt nur feststellen, wie sehr er sich nicht verändert hat. Er rollt den Teppich seiner Freundlichkeit aus, aber es ist nur ein dünnes Stück Stoff. Und auf einmal steigt der ganze Hass in Lucie wieder hoch, ihre Mordlust, ihre ungezügelte Wut vom Ende ihrer Ehe.

Als sie geht, erfährt sie Trost in der kalten Nacht. Der Regen und der Wind, der in Böen daherkommt, bringen sie vor ihre Haustür, ohne dass sie begreift, wie es dazu kam, und sie lehnt sich mit dem Rücken an die Eingangstür des Gebäudes, als stünde sie vor einem Erschießungskommando, und der Rinnstein vor ihr füllt sich mit ihrer Melancholie und auch der Freude, ihn nicht mehr an ihrer Seite zu wissen.

7

Die Liebe, die Expartner und die Messer …

»Hier«, sagt er und hält ihr das schäbige Geschirrhandtuch hin, das an einem kläglichen Häkchen hängt (die vielen äs, unausgesprochener Verweis auf die Peinlichkeit der Situation und den Schmerz).

Sie nimmt es in die Hand, das Teil, das nach feuchter Ratatouille riecht, und wischt sich damit über das Gesicht, pfeift auf die Mascara, die ihr vermutlich gerade in schwarzen Tränen über das Gesicht läuft.

»Danke« (bedanken muss man sich, sie ist höflich, wohlerzogen, aber sie schluchzt laut auf, und ihr Danke zerbröselt und verliert sich in ihrem Gestotter).

»Ich weiß« (er beginnt seinen Satz mit: Ich weiß. Er weiß alles. Er ist ein Wissender, allwissend, Pascal, und anfangs tut ihr das gut, ein wissender Mann, das hat was Beruhigendes, aber am Ende tötet es die Liebe, murkst sie ab), »dass es nicht einfach ist, dass wir uns unter solchen Umständen wiedersehen. Hier.«

»Ob hier oder anderswo« (um was Geistreiches von sich zu geben).

»Ich hätte mir denken können, dass sie dich ebenfalls

einlädt. Adeline ist mehr deine Freundin als meine. Ich hätte die Einladung nicht annehmen sollen.«

»Ist ja nicht schlimm. Es kann nicht sein, dass wir nicht aufeinandertreffen können, ohne uns die Augen auszukratzen. Schließlich sind es jetzt schon drei Jahre … Die Zeit vergeht.«

»Trotzdem.«

Alle Expartner der Welt dürften sich irgendwann in ihrem Leben eine solche Unterhaltung liefern. Die Station ist unumgänglich, der Kreuzweg aller Pärchen, die auf Liebe gesetzt haben und sich jetzt Auge in Auge gegenüberstehen, einer ohne den anderen. Sie weiß alles über ihn. Wie er seinen Löffel ableckt, nachdem er ihn in den Joghurt getaucht hat. Sie kennt die Farbe seiner Augen beim Sonnenuntergang. Seine gekräuselten Schamhaare, die sie sich um den Zeigefinger gewickelt hat, die kleinen Löckchen. Und seinen Atem an ihrer Wange, wenn sie neben ihm schlief, und ihr gefiel dieser Atem in der Nacht, er ließ sie frösteln.

Wie sehr sie es sich wünscht, im Schlaf angehaucht zu werden.

»Trotzdem«, wiederholt er, »und außerdem bist du noch auf Joanna getroffen. Was auch gut ist, ich sage es dir lieber selbst, bevor du es von anderen erfährst. Den Leuten wird es ein Vergnügen sein, dir die Nachricht zu überbringen.« (Sie klammert sich an den Rand der Spüle, und wenn sie seine Schamhaare kennt, kann sie auch den schäbigen Triumph erkennen, der ihn erfasst hat. Er freut sich, ihr die Nachricht verkünden zu können. Genießt bereits das Echo, das in ihr widerhallen wird, das gegen ihre Gehirnwände prallen muss, und er nannte sie immer, daran erinnert sie sich noch sehr deutlich, sein Schusselchen. Sie überlegt, welches die größte Ungeheuerlichkeit sein könnte, die er ihr verkünden kann, der Schlag ins Gesicht, den er ihr versetzen wird, und noch bevor er den Mund aufmacht, ahnt sie, welche Worte er aussprechen wird, und formuliert sie insgeheim mit, bingo …)

»… Joanna ist schwanger.«

(Funkstille, tropfender Wasserhahn, Windstoß, der durch das gekippte Fenster dringt, das zur Straße geht, und ein Auto rauscht vorbei, kein Engel, bloß kein Engel, der durchs Zimmer geht.)

»Fünfter Monat. Ein Junge. Wir wollen ihn Théodore nennen.«

»Nach deinem Vater.«

»Nach meinem Vater.«

(Na klar, nach seinem Vater. Nicht nach Lucies. Ihr Vater heißt André. Wer würde seinen Sohn schon André nennen?)

»Glückwunsch« (bringt sie schließlich heraus, aber sie lügt, ganz offensichtlich, woraufhin er – gespielt unaufrichtig – seufzt und zu seinem Monolog ansetzen will: »Ich wollte ein Kind mit dir, Lucie, ich bin dir hinterhergerannt, jahrelang, ich habe deine Pillen versteckt, habe das Zimmer für unser künftiges Baby gestrichen, habe Fernkurse für haptonomische Geburtshilfe belegt, aber du hast es nicht gewollt, nie, und du bist gegangen, du bist abgehauen, DU, DU, DU.« Sie wird antworten: »Das stimmt. Das stimmt. Ich wollte keine Kinder mit dir. Und wenn wir alles aus dem Gedächtnis streichen.

Und wieder von vorn anfangen. Von mir aus gern. Ein Kind namens Gibraltar, weil das Restaurant, vor dem wir uns zum ersten Mal geküsst haben, so hieß, ein Kind, das deine Sprachgewandtheit hätte, deine Gabe, Mädels im Handumdrehen um den Finger zu wickeln, und meine große Schwäche, die mich anfällig und beeinflussbar macht und so lächerlich unterwürfig.« Er sagt nichts. Er schweigt, betrachtet sie, und sie stellt sich vor, was er sieht, ihre alternde Haut, ihre Falten, ihre Augenringe im Relief, in 3-D, unter dem Mikroskop seines kalten wissenschaftlichen Blicks).

Die Tür geht auf, Adeline erscheint, beschwipst, und sie sagt: »Uups, sorry!«, verzieht sich lachend, und Lucie erinnert sich an den Abend, als sie mit einem Arm voller blauer Flecken von Pascals Fingern, der sie mit aller Gewalt zurückhalten wollte, bei ihrer Freundin aufgetaucht war.

»Ich freue mich für dich« (aber das stimmt natürlich nicht, es ist eine Lüge, die sie vorbringt, mit weit geöffneten Augen, und er weiß es, sein Lächeln verrät ihn. Es hatte schon seinen Grund, dass sie von ihm keine Kinder wollte. Sie hat sich ohne logischen Grund gesträubt, ohne Argumente, ausgerechnet sie, die sich sonst nie widersetzt hat, die notorische Jasagerin, und erst hinterher hat sie die Gründe für ihre Ablehnung begriffen. Keine Fortsetzung, keine Verlängerung, kein Fortbestand, keine Verschmelzung. Keine Handschellen, die er ihr über die Handgelenke streifen könnte, keine Eisenkugel an ihren Knöcheln. Keine Kinder, die Gitterstäbe in ihrem Gefängnis wären).

»Danke, Lucie.«

(Sie packt das Messer, das im Schokoladenkuchen steckt, der zur Hälfte angeschnitten ist. Rammt es in sein rechtes Auge, tief hinein, bis es sich durch seinen Kopf gebohrt hat und den hinteren Schädelknochen berührt, und das Knirschen lässt sie vor Freude jubeln. Sie zieht das Messer wieder heraus, obwohl er auf dem Boden liegt, und bohrt es in seine linke Wange, um ein blutendes Gleichgewicht herzustellen im abstrakten Bild seines entstellten Gesichts. Sie zerschneidet es und nutzt gleich noch die Gelegenheit, um mit ihrem rechten Absatz seine Hand zu zerquetschen, und seine Fingerknorpel krachen und bekommen Risse, genau wie seine Selbstsicherheit und seine Überzeugung, ein starker Mann zu sein. Sie spuckt auf seinen zerschundenen Körper und zerkratzt ihn mit ihren Fingernägeln, die gewachsen sind, seit sie sich von ihm getrennt hat, weil er ein Kind bekommen wird, und sie kaut die Nägel nicht länger ab, und das macht einen Riesenunterschied in ihrem Leben.)

»Nichts zu danken.«

Und sie verlässt die Küche.

8

Die Liebe, wenn sie ins Wasser fällt …

Im Schwimmbad sieht man vom Gesicht eines Mannes gar nichts. Man kann nur Schlussfolgerungen aus seiner Gesamterscheinung ziehen. Sein Kopf ist mit einer Gummikappe überzogen, die ihm etwas von einem hartgekochten Ei verleiht, seine Augen sind hinter einer Brille versteckt, die angelaufen und daher undurchdringlich ist, das Wasser bedeckt seinen Körper, nur die Arme schauen heraus. Arme, die vom regelmäßigen Schwimmen ziemlich muskulös sind. Seine glänzenden Bizepse durchpflügen das Wasser und ziehen die Blicke der regelmäßigen Schwimmbadbesucher, die sich am Beckenrand tummeln, auf sich.

Mit der Zeit erkennen sie sich, die Einsamen. Sie haben dieselben Reflexe.

Donnerstags gehen sie ins Schwimmbad.

Zwischen zwölf und dreizehn Uhr dreißig kommen die Männer in großen Scharen. Man braucht bloß etwas früher da zu sein. Für Lucie ist das kein Problem, der morgendliche Unterricht endet um halb zwölf, dann rast sie mit dem Fahrrad durch die Straßen, fährt Slalom zwischen den Autos und auf dem Bürgersteig und kommt rechtzeitig an, um sich noch umziehen zu können. Am Schwimmerbecken Stellung zu beziehen. Das Freizeitbecken überlässt sie den Omis der Wassergymnastik.

Mit den Füßen im Wasser erwartet sie das Defilee. Die Große im roten Bikini, die magersüchtige Kraulmeisterin und die kleine Kugelige, die ihr Schwimmbrett nicht aus der Hand gibt, haben ebenfalls ihre Gewohnheiten. Sie grüßen sich nicht, es gibt keinerlei Zusammenhalt, schließlich ist die Konkurrenz knallhart und das Tragen eines roten Bikinis absolut unfair.

Der Donnerstag ist nicht zufällig gewählt. Zu Wochenanfang, wenn die Leute von der Arbeit, dem gewohnten Rhythmus und den liegen gebliebenen Aufgaben absorbiert werden, drängt niemand durch die Drehtüren am Haupteingang. Der Mittwoch ist traditionell für die Kinder reserviert, und die wenigen Männer, die sich vorwagen, sind Familienväter, die ihre planschenden Sprösslinge nicht aus den Augen lassen, picklige Studenten, die sich an Kindheitsrituale klammern, oder perverse Alte, die kommen, um die Kleinen anzustarren, und die man daran erkennt, dass sie sehr langsam schwimmen. Am Freitag müssen die Akten fürs Wochenende geschlossen werden, der Tag hat etwas Gehetztes, man ersäuft eher in Arbeit und nicht im Schwimmbad.

Der Donnerstag ist daher der Tag mit der größten Wahrscheinlichkeit für Schwimmbadbegegnungen, so man in Kategorien prozentualer Besucherzahlen denkt. Berechnungen dieser Art sind unabdingbar, wenn man den Sport unter Gesichtspunkten der Rentabilität und

Motivation betreibt, denn offen gestanden hasst Lucie das Schwimmbad. Zugige Umkleiden, kalte Duschen, spiegelglatte Gänge, auf denen man ein Ausrutschen tunlichst vermeiden sollte, zahlreiche Gründe, die es ihr gestatten würden, sich von dieser Bürde zu befreien.

Die Männer kommen aus den Umkleiden wie eine Bomberstaffel, leise Stukas mit feuchtem Rumpf, der auf die vorgeschriebene Dusche zurückzuführen ist. Das Handtuch über der Schulter, die Badekappe auf dem Kopf, die Füße in unsäglichen Plastikschlappen, um sich keinen Fußpilz einzufangen. Es ist unmöglich, den Blonden vom Braunhaarigen oder vom Glatzköpfigen zu unterscheiden, ein bisschen wie mit Schuluniformen. Die vermeintliche Gleichheit, wenn man in Einheitskleidung schlüpft.

Natürlich ist es nach kürzester Zeit ein Leichtes, sie voneinander zu unterscheiden. Zum Beispiel zögert der behaarte Torso auf Bahn drei lange, bevor er ins Wasser springt. Er gießt sich Wasser über den Nacken, massiert sich den Bauch, streckt die Zehen ins kalte Nass, erst dann überwindet er sich und taucht komplett ins Wasser ein. Vermutlich ist er ein zaghafter Typ, zögert, bevor er sich auf etwas einlässt. Der große Schlaksige mit Armen wie ein Albatros springt direkt vor dem Schild *Springen vom Beckenrand verboten* ins Wasser, aber der Bademeister sagt kein Wort, er ist an komische Vögel gewöhnt. Drei Haie liefern sich ein Wettschwimmen, konzentriert auf ihre Geschwindigkeit, fokussiert auf ihre Leistung, ihre Füße wie Flossen, die fast die Wasseroberfläche durchdringen. Eine wie auch immer geartete Interaktion mit ihnen ist undenkbar, dabei hat Lucie sehr wohl versucht, sich in ihrer Bahn, der zweiten von rechts, ins Wasser zu lassen, aber sie wurde sofort eingeholt und überholt, und die verächtlichen Spritzer waren die reinste Demütigung. Die Vorstellung, mithilfe dieser Kerle ihre Fortbewegungstechnik im feuchten Element zu perfektionieren, hat sie sofort verworfen.

Hin und wieder streift man sich ungewollt. Man berührt sich, schwimmt aneinander vorbei. Das Kielwasser des einen ist eine Liebkosung für den anderen, und man versucht, den Kopf über Wasser zu halten, gerade, die Augen fast stur geradeaus gerichtet, wenn man sich ohne Schwimmbrille begegnet.

Man teilt beim Brustschwimmen auch mal aus, dem einzigen Schwimmstil, den sie beherrscht, die Arme brav nach vorne gestreckt, zieht sie die Beine an und stößt sich ab, und rums trifft man den Bauch des Typen mit der weißen Kappe, der nicht einmal darauf reagiert. Manche nehmen es hin, indem sie kurz ein Zeichen geben, eine noble Geste des Verzeihens, eine Großzügigkeit, die sie sympathisch erscheinen lässt. Andere runzeln vermutlich die Stirn, aber das sieht man nicht, und wenn sie meckern, kann man es nicht hören.

Der behaarte Dicke grüßt sie sogar, als sie das Wasser aus ihrer Brille leert. Es ist ärgerlich, immer wenn sie ihren Rhythmus gefunden zu haben glaubt, sich ganz auf ihre Atmung und die Synchronisation ihres Ober- und Unterkörpers konzentriert, dringt Wasser in ihre Brille, und das Chlor brennt in ihren Augen. Der Mann hat bestimmt gedacht, Lucie hätte absichtlich innegehalten.

Auf ihn gewartet. Eine Verführungsstrategie unter Wassersportlern. Von allen Schwimmern, die ihre Furchen um sie herum zogen, war er der unattraktivste. Es ist ärgerlich, immer interessiert sich nur die zweite Wahl für sie, die Ramschware, der Letzte auf ihrer Liste, der Abschaum der Gesellschaft, das Mängelexemplar. Es muss ein Gesetz geben, das sich auf ihren persönlichen Fall anwenden lässt, eine regelmäßige Bahn der Gestirne, die sie auf ewig dieselben Situationen durchleben lässt.

Daraufhin hat sie kurzerhand eine Überlebensstrategie angewendet, so getan, als hätte sie sich verschluckt, ist über den Beckenrand geklettert und hat nicht die Leiter genommen, damit er begreift, dass es eine Flucht ist.

In der darauffolgenden Woche war er bereits im Wasser, in der Bahn, die vom Rand am weitesten entfernt ist, und hat Lucie nicht einmal bemerkt. Es blieb ihr erspart, die Gleichgültige zu spielen, aber es war fast schon verletzend, so ignoriert zu werden, und als er das Handtuch der kleinen Dicken mit dem Schwimmbrett aufhob und die beiden zusammen lachten, war sie fast beleidigt.

Anschließend zog sie sich einen Schnupfen zu und setzte den ganzen Winter über keinen Fuß mehr in das Bad.

9

Die Liebe und das Speeddating, das nichts anderes ist als eine kurze Begegnung …

Der Erste auf der Liste ist ein großer hagerer Typ mit wenig Haaren. Eine Art Buster Keaton, der viele Jahre auf der Ingenieurhochschule war und nicht weiß, wie man das Wort »Humor« schreibt. Paul heißt er, und sie fragt ihn gleich zu Beginn, ob sein Spitzname Paulo ist, und er sieht sie an, als hätte sie ihn beleidigt, woraufhin sie schweigt, damit der gute Paulo die Unterhaltung in die Hand nehmen kann, aber es kommt nichts. Betretenes Schweigen, aus dem sie nicht mehr herauskommen. Sie hat ihn wohl kalt erwischt. Jetzt etwas Wärme ins Spiel zu bringen ist nicht ganz einfach. Es klingelt, und er steht auf und gibt ihr die Hand wie ein Politiker im Wahlkampf, dem gerade dämmert, dass ihn keiner wählen wird. Er geht weg, sein leerer Stuhl ist ein einziger Vorwurf, fehlen nur noch die ersten Töne der *Marseillaise*.

Der Zweite ist kleiner, und sein offen stehendes Hemd offenbart ein Goldkettchen und büschelweise schwarze Haare, in die sich weiße Fasern mischen. Auf seiner Karteikarte steht sein Alter: dreiunddreißig. Das war's.

Lügner. Und außerdem heißt er Jean-François. Doppelnamen sind ein echtes Hindernis. Er erzählt von seiner Schwester, die ihn angemeldet hat, und vom Scheitern seiner ersten Ehe und seiner Begeisterung für Motocross, und als er Lucie schließlich fragt, ob sie das Landleben mag, sagt sie, nein, auf Bauernlümmel reagiere sie gemeinhin allergisch und der Pollenstaub der Kühe mache sie krank, und als er antwortet, dass Kühe keinen Pollenstaub absondern, streicht sie seinen Namen durch, vor seinen Augen, langsam und entschieden, damit er gleich kapiert, wie groß die Hoffnung ist, die er sich nach dieser kurzen Begegnung machen darf.

Der Dritte ist etwas zu rundlich für ihren Geschmack, Haare, die sich kräuseln und die er mit klebrigem Gel zu bändigen versucht. Die großen blauen Augen, einziger Lichtblick in seinem Mondgesicht, leuchten seltsam im Schein der Kerze, die als romantische Zutat des Abends auf dem Tisch steht. Beim Sprechen setzt sich Speichel in seinen Mundwinkeln fest, rechts und links, und sie betrachtet fasziniert, wie dieser weißliche Schaum entsteht, und fragt sich, wie es sein kann, dass er davon nichts mitbekommt, und wie hässlich es aussieht, und vielleicht ist das der Grund, warum er solo ist. Dass ihn die Frau seines Lebens meidet. Weil er zum Sabbern neigt. Sie vergisst seinen Vornamen, kaum dass er weg ist, und notiert in Großbuchstaben auf ihrem Zettel, *SCHNECKEN UNBEDINGT MEIDEN.*

Der Vierte wirkt auf den ersten Blick passabel. Ein Glatzkopf mit sportlicher Ausstrahlung, das T-Shirt unter der braunen Lederjacke ist ordentlich gebügelt, und er beginnt die Unterhaltung mit etwas Humor, was eher ein positives Zeichen ist. Dann macht er ihr Komplimente zu ihrem Kleid und kommentiert ihren lebhaften und überraschenden Blick, geheimnisvoll und sinnlich zugleich. Sie findet die Formulierung ansprechend, wenn auch etwas hochtrabend, und er fährt fort mit ihren zarten Handgelenken und der grazilen Krümmung ihres Nackens, und der offensichtlichen Sanftmut ihrer Lippen, und sie weiß nicht, was sie dazu sagen soll. Es verschlägt ihr die Sprache, sie errötet und ist sich der Lächerlichkeit ihrer Reaktion bewusst. Reicht es aus, dass ihr jemand zwei oder drei Schmeicheleien ins Ohr säuselt, schon schmilzt sie dahin? Haben die Feministinnen *dafür* gekämpft? Ist das das Ergebnis der Forderung nach Gleichberechtigung von Millionen Frauen vor ihr? Sie unterstreicht mehrmals seinen Vornamen Lucas und überhört die Klingel, und als der Mann aufsteht, steht sie ebenfalls auf, und sie küssen sich zum Abschied auf die Wange, eine langsame Choreografie, die sie genießt.

Der Fünfte ist nicht sehr groß, etwas fahrig in seinen Bewegungen, mit schönen schwarzen Augen. Algerischer Abstammung. Sammy. Er stellt gleich klar, dass seine Familie aus Algerien kommt und er selbst Franzose ist, sie wiederum verweist darauf, dass ihre Eltern aus Kleinasien stammen, er reagiert verblüfft, woraufhin sie sofort nachschiebt, dass das nicht stimmt, es klingt nur so schön. Kleinasien, hört sich doch toll an, oder, und er fragt, wo Kleinasien liegt, und sie muss zugeben, dass sie in Geografie nicht sehr bewandert ist. In den nächsten fünf Minuten überlegen sie, wo Kleinasien liegen könnte, und da Handys während der Dates verboten sind, bleibt es bei Vermutungen über die relative Bedeutung dieser Region, dieses Kleinen Asiens.

Der Sechste ist absoluter Karaoke-Fan. Man braucht nur einen Titel zu sagen, schon singt er das Lied. *Rien qu'une larme dans tes yeux*, als sie ihm Mike Brant nennt, und er muss einen Moment überlegen, als sie André Verchuren ins Spiel bringt, dann protestiert er, der war Akkordeonspieler im letzten Jahrhundert und nicht Sänger. Sie räumt ein, dass sie ihm eine Falle gestellt hat. Er lässt sich zu einem Geständnis hinreißen: Die Mädels in den Karaoke-Bars sind ziemliche Tussis, zugeschminkt und langweilig, und er hofft, dass Lucie ihn kontaktiert, ihrer Unterhaltung eine Fortsetzung ermöglicht, später, sie sei nämlich eine bezaubernde Frau. Eine Minute verstreicht, ohne dass sie es hinbekommt, ihm in einem halbwegs anständigen Satz klarzumachen, dass er leider keineswegs so bezaubernd ist, ein Klon von Luis Mariano, der unter die Räder eines Zugs geraten ist, und sie beendet das Gespräch mit den Worten: »André Verchuren ist gar nicht so übel, finde ich.«

Der Siebte heißt Sébastien. Der Letzte auf ihrer Liste. Sie hört sich zunächst seine Geschichte an. Klassisch. Eine einzige innige Liebe zu einer gewissen Marie, die ihn für seinen besten Freund verlassen hat, seitdem ist er misstrauisch, enttäuscht, kritisch, aber nicht verbittert und bereit, sich auf ein neues Abenteuer einzulassen. Ernsthaft etwas anzufangen, Kinder zu haben, aber die Frauen von heute sind schwierig. Sie suchen den perfekten Mann, ohne sich darüber im Klaren zu sein, dass es den perfekten Mann nicht gibt, genauso wenig wie die perfekte Frau, und als sie mitten in seiner endlosen Ansprache sagt: »Und falls ich es doch bin?«, erwidert er: »Was denn?«, woraufhin sie entgegnet: »Perfekt«. Er lacht nicht. Lucies Humor lässt ihn kalt. Er redet weiter, sie hört nicht mehr zu. Presst ihre dünnen Lippen zusammen, die zu schmal sind, um zum Küssen einzuladen, und ihre Ohren bekommen die Unterhaltung am Nebentisch mit, es ist ihre Nummer vier, der mit dem Rücken zu ihr mit einer lackierten Brünetten plaudert. Er ist gerade an der Stelle mit seinen Trümpfen angekommen, wonach sie zarte Handgelenke habe, einen graziösen Nacken und einen Mund zum Küssen.

Sie streicht ihn von ihrer Liste, den Schönschwätzer, und auch Sébastien, der noch nicht fertig ist mit all den Projekten, die er in seinem Unternehmen leitet, und seiner Verantwortung bei der täglichen Bearbeitung von EDV-Fragestellungen. Er glaubt sich wohl in einem Bewerbungsgespräch.

Die Kneipe leert sich, und Lucie geht zu den Adresstafeln, um die sich die anderen Mädels scharen, um die Adressen ihrer Gesprächspartner zu bekommen, man weiß ja nie, eine letzte Hoffnung, und sie hat kurz den Blues, stellt sich vor, dass wir alle in einer Kloschüssel schwimmen und Cupido die Wasserspülung zieht, anstatt uns mit einem Pfeil abzuschießen.

10

Die Liebe und Romuald, zum Ersten …

Allein sein ist manchmal Verzweiflung pur.

Eine Verzweiflung, die der alltäglichen Traurigkeit der sich aneinanderreihenden Tage ähnelt. Sie überlegt, wer in ihrem Umfeld wohl die Unbarmherzigkeit dieser Trauer-Anfälle nachvollziehen könnte, und sie weiß, dass Adeline gerade regrediert, dass sie wieder wie eine Zwanzigjährige leben will und nichts anderes im Kopf hat als Besäufnisse und Liebesnächte. Und sie findet ja auch Liebhaber. Sie gabelt einen nach dem anderen auf, und Lucie wüsste gern, wie sie das anstellt.

Warum erleben immer die anderen solche Geschichten? Warum ist sie selbst eine Wüste, ein Ort, an dem die Welt zu Ende ist, ein Niemandsland, in das sich kein Mensch verirrt?

Schließlich ruft sie Romuald an. Unter einem Vorwand, der zum Himmel stinkt. Sie brauche seinen Rat für einen Jungen in ihrer Klasse. Romuald ist klinischer Psychologe, spezialisiert auf Bettnässen und das Trauma einer verfrühten Schnullerentwöhnung. Seine Praxis liegt im Zentrum, und er schlägt ihr vor, direkt auf einen Sprung vorbeizukommen, damit sie sich von Angesicht zu Angesicht unterhalten können, und seine Stimme ist betörend mit angerauten Stimmbändern, Knötchen, die sich an die tiefen Bänder heften und sie zum Schwingen bringen. Sie zögert nicht eine Sekunde, schwingt sich auf ihr Fahrrad und trotzt dem Regen, die Räder rutschen über den Asphalt, und sie macht sich insgeheim Vorhaltungen. Es genügt, dass ein schöner Mann ihr befiehlt, sofort bei ihm anzutanzen, schon eilt sie herbei wie ein Hund, eine Hündin, wenn das Herrchen pfeift. Im Schweinsgalopp, lüstern. Fast wäre sie umgekehrt, als sie bei Adeline vorbeikam. Demnächst muss sie sich mal ihr Unterbewusstsein vorknöpfen, das sie veranlasst, an Adelines Wohnung vorbeizuradeln, während sie deren Mann im Kopf hat. Den früheren. Den Ex. Von dem sie sich getrennt hat. Sie ist gegangen. Hat ihn verlassen. Er ist zu haben. Auf dem Markt. Im freien Handel. Der steuerbefreiten, enthemmten Konkurrenz ausgeliefert, der unsichtbaren Hand. Frei. Sie rückt von ihrem Vorhaben nicht ab, tritt in die Pedale, macht sich frei von diesen dummen Schuldgefühlen, und sie ist stolz auf sich, als sie ihren Boliden schließlich unter dem Fenster von Romualds Praxis abstellt.

Das kleine Wartezimmer ist voll. Zwei Kinder sitzen auf dem Boden, ihre Mütter verstecken sich hinter Zeitschriften, ein Mann ist allein und starrt auf seine Hand, blickt sie an, ohne zu blinzeln.

Die Tür geht auf. Ein kleiner Rotschopf kommt herein und zwängt sich sofort zwischen die Beine des Mannes. Alles klar, wenn man einen Vater hat, dessen Sichtfeld nicht weiter als bis zu seiner Hand reicht, kann man nur beim Psychologen landen. Romuald entdeckt Lucie, zwinkert ihr zu. Sie mustert ihn wie ein Tier, kann nicht anders. Ein natürliches Verhalten, noch nicht der Zeit zum Opfer gefallen. Passabel, recycelbar, und sie kann Adeline auch jetzt nicht verstehen.

Er gewährt ihr keine Vorzugsbehandlung, lässt sie nicht vor. Sie wartet geduldig, bis seine Sprechstunde vorbei ist. Sobald er die Tür öffnet, belohnt er sie mit demselben Augenzwinkern, und als sie dran ist, gibt sie einen bescheuerten Satz von sich, im Stil von: Hier arbeitest du also, begleitet von einem leisen Lachen. Irgendwie ist das Aussprechen von Plattitüden ihre Spezialität.

Auf seinem Schreibtisch thront ein Foto von Jumbo. Einem Golden Retriever. Adeline hat immer behauptet, er sei das Kind, das sie nie bekommen hat und das sich als Hund reinkarniert habe, und die beiden Freundinnen hatten ausführlich darüber gesprochen, dass eine Reinkarnation ohne vorherige Geburt nicht möglich ist. Adeline hat ihn ohne allzu große Gewissensbisse zurückgelassen, angeblich war die Wohnung zu klein und ihr fehlte der Garten, was zeigt, dass Hunde praktischer sind als Kinder. Und durch Katzen ersetzbar.

Romuald fragt sie, wie es ihr geht, erkundigt sich nach ihren Eltern, ihrem Bruder, mit dem er während des Studiums als Ferienbetreuer für Kinder, deren Eltern in der Luft- und Rahmfahrtbranche tätig sind, gejobbt hat. Erinnert an Erlebnisse in ihrer Jugend, einen ehemaligen Lehrer, den er am Supermarktausgang getroffen hat. Ihm fällt wieder ein, dass Pascal und sie getrennt sind.

Seit drei Jahren, stellt sie klar. Ganz schön lange, meint er, drei Jahre. Eine Ewigkeit, ja, ein Jahrhundert. Dann herrscht Schweigen. Wie eine bedrohliche Wolke, die aus der Hölle zurückkehrt, um sich über die Lebenden zu ergießen, schwebt sie über ihnen, die unsichtbare Frage. Sie spricht es an, bevor er es tut, und erklärt, dass sie Adeline gelegentlich trifft und es ihr gut geht. Weiter ins Detail geht sie nicht.

Schon folgt ein einziger Wortschwall.

Er hat sie geliebt, Adeline. Er hat in sie investiert. Investiert. Die Liebe ist doch kein Kartenhaus, das man mit einem Tritt kaputt macht, aus einer Laune heraus, aus Unbekümmertheit, aus Spaß am Spiel. Er will nicht spielen. Und ja, er kennt diese Frau in- und auswendig, ihre Schwächen, ihre Vorzüge, ihr beleidigtes Prinzessinnengehabe, ihre Unfähigkeit, in den Tagen vor dem Eisprung ihre Launen im Griff zu haben, sie war für ihn wie ein Irrlicht.

Sein Irrlicht, sagt er. Spricht die Worte deutlich aus. Sein Irrlicht. Das ganze Licht dieses Feuers spiegelt sich in seinen schönen Augen. Er hat schöne Augen, in denen das Verlangen nach einer anderen aufflackert. Eine Glut. Und Lucie hört ihm zu und würde ihn gern darauf vorbereiten, dass er todsicher denselben Weg gehen wird wie sie.

Wir werden Weggefährten sein, unseren Kummer vermessen, würde sie am liebsten zu ihm sagen. Seine Traurigkeit ist nur der Anfang. Sie wird einen Abgrund in ihn graben, sich in die Tiefe fressen, sein Innerstes aushöhlen, und er wird sich krümmen. Das schöne Licht in seinen schönen Augen wird sich abschwächen, nachlassen, verschwinden. Noch klammert er sich an die Hoffnung, sich nicht zu verändern, sich keinen Zentimeter zu bewegen, weiterhin derselbe Mann zu sein, der dieselbe Frau liebt, aber der Schaden ist passiert.

Man vergisst, sein Herz einzusetzen, wenn man zu viel Kummer hat.

Das würde sie ihm gerne sagen, aber die Begeisterung dieses Mannes ist noch intakt. Seine Naivität hilft ihm, umgibt ihn mit einem schützenden Kokon. Sie lässt ihn eine ganze Stunde reden, bla bla bla, und ihr ist ganz klar, dass er noch nicht bereit ist, dass er noch keinen Platz für sie hat, dass sie am Straßenrand zurückbleiben und den Daumen ausstrecken wird, damit er sie in seine Geschichte einlässt. Als er ihr vorschlägt, in den nächsten Tagen zusammen etwas trinken zu gehen, stammelt sie nur: »Ja, ich bin dabei.« Und sie kehrt in ihre Wohnung zurück, kippt ein Bierchen hinunter und betrachtet den Regen und den Standort ihres künftigen Goldfischglases.

11

Die Liebe und verheiratete Männer …

Großstadtlegenden verbreiten die Kunde, dass Schülerväter einen Versuch wert seien. Das Reservoir an Möglichkeiten, das der tägliche Unterrichtsschluss am Schultor mit sich bringt, sorgt dafür, dass Lehrerinnen nicht als alte Jungfern enden.

Sie kennt nur eine einzige Kollegin, der dieses Wunder widerfahren ist. Jocelyne hieß sie und begleitete ihre Schülerchen bis zum Tor, um sicherzugehen, dass kein Kind unterwegs verloren ging. Übergab es eigenhändig den Eltern. Eine echte Fachkraft. Der Typ war jeden Tag da. Ein Mann, der zu Hause arbeitet, am Computer, Freiberufler, ein moderner Hausmann. Der Haussegen musste allerdings schon mächtig schief gehangen haben. Kein Mensch hat je seine Frau zu Gesicht bekommen. Er wechselte ein paar Worte mit Jocelyne, grüßte freundlich, nichts Besonderes, aber da sie sich zweimal täglich sahen, um die Mittagszeit und am Nachmittag, unterhielten sie sich irgendwann länger miteinander und schauten sich genauer an. Sie standen stundenlang am Tor. Und ignorierten die anderen Eltern, die ihre Kinder im Hort abholten, die sie im Vorbeigehen streiften, fast anrempelten, und die Rippenstöße der Kolleginnen, die sich um den guten Ruf des Bildungswesens sorgten. Der Typ lud die gute Jocelyne zu einem Gläschen ein. Sie zögerte nicht lange. Am selben Abend war die Sache geritzt. Der Kleine hatte von nun an eine Lehrerin, die neben dem guten Verhältnis zu ihm ein Verhältnis mit seinem Vater hatte. Ein ziemlich plumpes Wortspiel. Die beiden haben geheiratet, und Jocelyne ist schwanger, sie arbeitet jetzt in einer anderen Schule, weil hier etwas zu viel getuschelt wurde.

Außer bei Jocelyne hat es bei niemandem gefunkt. Es gab höchstens ein paar unschöne Versuche, unbeholfene Anläufe.

Neulich wartet Lucie auf die Eltern des kleinen Mathis, der nicht an seinem Platz bleibt, ein kleiner Zappelphilipp. Der Vater tritt ein, ohne vorher anzuklopfen. Ein großer Kerl, dunkle Haare, gut geschnittener Anzug, Krawatte, weißes Hemd, spitze Schuhe. Sonnenbrille in der Stirn, er hat etwas von Montgomery Clift.

Wer kennt heute noch Montgomery Clift in einer Welt, die von Justin Bieber dominiert ist?

Er setzt sich auf den Stuhl, unverkrampft, und erzählt von seiner Frau, er steckt mitten in der Scheidung, mitten in der Trennung, mitten im Stillstand, und das belastet zwangsläufig seinen Sohn. Sie gibt ihm recht. Kinder, die unter der Trennung der Eltern leiden, sind nichts Neues. Er redet weiter, beschreibt die Schwierigkeiten in der Kommunikation zwischen ihm und seiner Frau, und sie begreift das Problem. Welche Wochen das Kind bei wem verbringt, ist nicht geregelt. Die Alte will ihm das

Besuchsrecht verweigern. Sie kidnappt den Ranzen des Kleinen und hält Informationen zurück. Sie ist nicht gut auf ihn zu sprechen und macht ihm am Telefon Vorhaltungen. Die Papiere sind noch nicht unterschrieben. Es ist das typische Paar, das sich um den Kleinen einen juristischen Kleinkrieg leistet.

Geständnisse dieser Art kriegt Lucie jedes Jahr zuhauf zu hören. Die professionelle Haltung dazu ist vollständige Neutralität.

Er redet und erzählt, und es stimmt schon, er ist gar nicht so übel, und als er ihre pädagogischen Fähigkeiten lobt, errötet sie wider Willen. Sie ärgert sich über sich, errötet aber trotzdem. Sie ist so leicht zu verunsichern. Ist so empfindlich. Das scheinen die Männer zu spüren, zu wittern. Unter ihrer vermeintlichen Zurückhaltung lauert ein Debakel.

Dann legt er ihr eine Hand aufs Knie.

Eine zarte Hand mit gepflegten, manikürten Fingernägeln. Kein Ring. Keine Haare. Eine hübsche Hand, wenn man die Maßstäbe einer Kosmetikerin anlegt, die nicht mit ihren übereinstimmen. Sie seufzt. Schon wieder einer, der Stewardessen, Krankenschwestern und Grundschullehrerinnen in eine Schublade steckt. Am liebsten würde sie aufstehen, ihn beleidigen und ihm die bittere Wahrheit ins Gesicht schleudern, dass seine Frau recht hat, wenn sie ihm den Sohn vorenthält. Dass er ein Rüpel ist, auch wenn das Wort klingt wie aus einem Boulevardstück. Ein Flegel. Ein Hampelmann. Sie verhält sich korrekt, zeigt ihm den Ausgang, und er stammelt Worte, die sich wie eine Entschuldigung anhören.

Ist ihm bewusst, dass er einen wunderschönen Augenblick ruiniert hat, den sie für die lange Zeit des Winterschlafs in ihrem Gedächtnis hätte ablegen können?

Calvins Vater. Ein Beispiel für eine klassische Fehleinschätzung.

Calvin geht in ihre Klasse. Sein Vater kommt zu allen Elternabenden, zu den Vorbereitungstreffen für Schulfeste, ist auf Schulausflügen dabei, und die Kolleginnen hatten sie gewarnt: Ein echter Glücksfall, der Typ zeigt immer Flagge und ist ein Schatz. Und sehr humorvoll und hilfsbereit. Sie haben gelost, ihre Kollegin und sie, wer von ihnen den Sohn in ihrer Klasse haben darf. Lucie hat gewonnen und hat ihn am ersten Schultag sofort entdeckt. Er war einen Kopf größer als die ganzen zu kurz geratenen Väter, ein stattlicher Kerl, der auch den Anforderungen derjenigen genügen würde, die männlichem Charme am unerbittlichsten gegenüberstanden, die am strengsten, herbsten und unsensibelsten waren und zu denen sie nicht gehörte.

Lucie und Calvins Vater sitzen im Bus. Auf dem Weg zum Urzeitpark, wo die Schüler lernen, ein Feuer zu machen, Wände zu bemalen und spitze Pfeile zu werfen, um eventuelle Feinde zu töten, alles, was im einundzwanzigsten Jahrhundert offiziell verboten ist. Er sitzt neben ihr. Sie unterhalten sich und rücken aufgrund des Lärms näher aneinander heran, und sie genießt die Situation. Er erzählt nicht nur von sich, er stellt auch Fragen, ist interessiert. Einfach perfekt. Beim Picknick holt er einen kleinen erdigen Rosé aus seiner Kühltasche, nicht zu fruchtig im Geschmack. Er hat ein Pflaster dabei, das er auf die Wunde der Kleinen kleben kann, die sich verletzt hat. Er kennt die albernen Lieder, die man auf der Busfahrt im Chor grölt, um den Fahrer anzutreiben, und hat kein Problem damit, eine Plastiktüte vor den Mund des Jungen zu halten, der sich in den Kurven übergeben muss.

Sein Vorname ist Laurent, und selbst diese Banalität tut seiner Wirkung keinen Abbruch.

Als die Schüler abends aus dem Bus steigen, glücklich und müde, bleibt er neben der Lehrerin sitzen, damit sie durch den engen Mittelgang rennen können. Sein Arm berührt ihre Schulter, als er nach der Haltestange greift, und sie bekommt Gänsehaut, ist den inneren Wogen ausgeliefert, die anschwellen, bis alle Dämme brechen. Einer nach dem anderen brechen die Deiche weg. Sie sieht sich schon in den Fußstapfen einer Jocelyne, ihr Ruf ist für immer dahin, aber ihr Glück ist wiederhergestellt. Er beugt sich zum Fenster und winkt. Sie folgt seinem Blick, und die Frau auf dem Bürgersteig winkt zurück.

Laurent ist mit seinem Sohn und seiner Partnerin längst ins traute Heim zurückgekehrt, und Lucie ist noch lange danach wie gelähmt, wütend auf die leisen Tanzsprünge, die ihr Herz vollführt, das soll ihr nicht noch mal passieren, schwört sie sich, allerdings etwas zu spät.

12

Die Liebe zwischen Äpfeln und Grillhähnchen …

Um die Kirche verteilen sich die Marktstände der Händler, dicht gedrängt, ein Puzzle aus Obst und Gemüse, Marmeladen, Pasteten, Würstchen und Hähnchenspießen, jeden Sonntag hatte sie sich mit Pascal ein vom Chinesen perfekt zubereitetes Hähnchen gegönnt. Dieser hatte stets eine Handvoll gedünsteter Zwiebeln beigefügt, die die beiden mit den Fingern aßen, weil sie nicht warten konnten, und die Soße lief ihnen über das Kinn. Der Geflügelhändler erinnert sich noch an Lucie, auch wenn sie ihm nichts mehr abkauft, denn allein schafft sie kein ganzes Hähnchen. Dabei hat sie anfangs durchaus versucht, die Tradition beizubehalten, aber nach einer Woche war das halbe Hähnchen verdorben, und sie musste es wegwerfen. Man vergisst leicht, dass man mindestens zu zweit sein muss, um einem solchen Tier zu Leibe zu rücken. Die Anpassungen an einen Single-Haushalt zeigen sich in der Bestückung des Vorratsschranks.

Sie grüßt ihn. Von Weitem. Damit ihr nicht neben den Hähnchen das Wasser im Mund zusammenläuft, ein pawlowscher Reflex.

Der Portugiese am Obststand, ein kleiner wuseliger Typ, der die besten Äpfel im Umkreis von mehreren Kilometern verkauft, sucht drei Golden Delicious für sie heraus, was er damit kommentiert, dass das ja nicht sehr viel ist, er würde nichts verdienen, wenn alle Kundinnen so wären wie sie, sich wie ein Vögelchen ernährten, und sie antwortet, dass sie, wenn sie könnte, gern seinen ganzen Stand leer kaufen würde. Ihre Hände berühren sich, als sie ihm das Geld hinhält, und wie weit ist sie gesunken, wenn schon die Hände eines Händlers sie aus der Fassung bringen. Sie könnte ihren Job aufgeben, sich zu Grannys, Royal Galas, Renetten, Fujis oder Boskopäpfeln bekehren. Er sieht gar nicht so übel aus, der gute Manuel Perez. Das steht in großen Buchstaben auf seinen Papiertüten. *Manuel Perez*. Wenn sie sich am Sonntagmorgen etwas Mühe geben würde, etwas Schminke, ein Kleidchen vielleicht, statt ihre unausgeschlafene Fratze und den dicken großmaschigen Pullover zur Schau zu tragen, womöglich würde er sie dann haben wollen. Aber er dreht sich weg und wendet sich der Frau hinter ihr zu, deren Korb gut gefüllt ist und die vor jugendlicher Frische nur so strotzt.

Die Gänge zwischen den Ständen sind mit Eltern und Buggys verstopft, mit trödelnden Kindern, deren Nase sich auf Höhe der Böcke befindet. Man rempelt sich an, zwängt sich an den anderen vorbei. Der Markt ist ein bewährtes Rezept gegen die Einsamkeit, das muss man zugeben. Sie steuert auf die Kräuterfrau zu. Eine Frau, die ihren Tee lose verkauft und ihre eigenen Zaubertränke mixt. Zurzeit schläft Lucie schlecht. Obwohl sie sich bemüht. Sie zeigt guten Willen, aber es scheint, als fände sie die Eingangstür nicht. Als käme sie auf dem Treppenabsatz zum Schlaf nicht weiter. Aus dem Haus gejagt, bestraft. Sie atmet tief, zählt Schäfchen, denkt sich wunderschöne Szenerien aus. Sie setzt einen Kopfhörer auf, um Musik zu hören, kann schon den ganzen Cabrel auswendig, den ganzen Souchon, den ganzen Goldman, bis zum Erbrechen.

Wäre sie bei klarem Verstand, würde sie sich eingestehen, dass es sinnlos ist, der Sache nicht auf den Grund zu gehen, Stunden damit zuzubringen, sich bitter schmeckende Getränke reinzuziehen, Verdummungslektüre, hohle Fernsehsendungen. Der Schlüssel, die Lösung ist ein guter Fick. Ein ordentlicher. Einen Kerl zu finden, der sie haben will.

Und den auch sie haben will. Miteinander ins Bett gehen, die Chakren öffnen, die Energie fließen und sich ins große universelle Fluidum ergießen lassen, anstatt alles zurückzuhalten.

Am Stand der Kräuterfrau bedient heute der Sohn. Er begrüßt sie mit einem breiten Lächeln. Erkennt sie. Seine Mutter hat eine Kräutermischung mit getrocknetem Hopfen für sie bereitgelegt. Die den Schlaf fördert, führt er aus und zählt die verschiedenen Pflanzen auf, auf die sie zurückgreifen könnte. Die Passionsblume bei Angstzuständen oder Nervosität. Baldrian bei Bluthochdruck. Und natürlich auch Kamille. Nicht aus dem Supermarkt in Beuteln, klein gehackt, zermahlen, wirkungslos. Sondern die echte, die paradiesisch riecht, man muss sie zwischen den Fingern verreiben, den Stiel halten und an den Blättern riechen.

Sie ist kurz davor, ihn zu fragen, ob er sich mit Liebestränken auskennt. Eine gute alte Lösung parat hat für Herzschmerzprobleme. Dann fängt er an, über das Wetter zu reden. Sie ertappt sich dabei, wie sie seinen Ausführungen zum Wechsel zwischen Regen und Schönwetterperioden und zu den Auswirkungen auf das Pflanzenwachstum eine gewisse Tiefe abgewinnt. Er ist zwar etwas zu jung, aber ganz passabel. Was er sagt, hat Sinn und Verstand, er stottert nicht, hat keinen lächerlichen Akzent. Seine Mutter kehrt in dem Moment zurück, als er auf die entscheidende Frage zu sprechen kommt: Das Bienensterben, der übermäßige Einsatz von Pestiziden, die Verbindung zum Weltuntergang sowie die Schwierigkeiten aller Spezies bei der Fortpflanzung.

Sie muss die Räuberin gerochen haben. Mütter verfügen über diesen Instinkt. Und sie verscheucht Lucie mit der aufgesetzten Freundlichkeit einer Verkäuferin.

Bevor sie geht, schaut Lucie noch bei den Trödlern vorbei. In ihrer Wohnung fehlen Möbel. Kein Nachttisch, zu wenig Stühle, ein wackeliger Tisch, den sie vom Speicher ihrer Eltern geholt hat. Sie hat immerzu die Hoffnung, das entscheidende Gemälde aufzustöbern, das sie unbedingt haben muss, ohne das sie nicht leben kann. Und außerdem sind Trödler fröhliche Menschen. Sie sprechen die Leute im Vorbeigehen an, nehmen sie mit Floskeln für ihren wertlosen Plunder ein. Vor allem der Letzte in der Reihe, er nennt sie jedes Mal junge Frau, rollt den roten Teppich vor ihr aus, hält um ihre Hand an. »Eine junge Frau wie Sie«, sagt er, sollte nicht allein durch die Gegend laufen. Sie zuckt mit den Schultern, macht einen auf schüchtern, aber es gefällt ihr, und sie kauft ihm einen Salzstreuer, ein Set Schweizer Messer, eine nachgemachte Ming-Vase und einen Badvorleger aus Kaninchenfell ab. Sie gibt ihm sogar ihre Telefonnummer mit dem Auftrag, sie anzurufen, sollte er einen bequemen und nicht allzu teuren Sessel ausfindig machen.

Anscheinend hat er nie einen aufgetrieben.

Sie ist nicht nachtragend, sie redet mit ihm und zieht mit einer Silbergabel und einer riesigen Salatschüssel im Gepäck wieder ab.

Schlendert im Schneckentempo nach Hause. Das ist nur ein Bild. Trotzdem fällt es ihr schwer, in ihre Höhle zurückzukehren. Ihr wäre am liebsten, jemand würde sie aufhalten, jemand in der sonntäglichen Menge würde sie am Arm packen. Ein wahres Delirium auslösen wie bei Édith Piaf. Sie wird mitgerissen, sie dreht sich um, er dreht sich um, und er stürzt sich auf sie, und sie stürzt sich auf ihn. Und unsere beiden Körper sehen wie einer aus, und der ganze Schmus.

Und als ihr auf dem Heimweg drei Kerle von der Bank im Wartehäuschen der Bushaltestelle aus hinterherpfeifen, protestiert sie nicht. Regt sich nicht auf. Geht nicht an die Decke. Die Belästigung der Frau, die Sache mit dem Respekt, wir sind doch kein Stück Fleisch, das man begafft und begrapscht, es stimmt ja alles, das sieht sie genauso, absolut, zu hundert Prozent. Aber sie geht mit ihrer halb leeren Einkaufstasche vorbei, und die Kerle pfeifen. Sie rauchen, haben ihre Roller hinter sich abgestellt, die Schirmmütze falsch herum aufgesetzt und sehen aus wie kleine Gauner, die brave Bürger provozieren und vornehme Frauen vögeln, und es ist ihr egal, wer sie sind und wen sie vögeln. Ihre Pfiffe sind nur ein Zeichen. Dass man noch hinter ihr herpfeifen kann.

Gott sei Dank.

13

Die Liebe in freier Natur …

Sylvestre. Sylvestre. Sylvestre. Den altmodischen Klang deines Vornamens verarbeite ich zu einer Hymne, einer Ode, einer eingängigen Melodie, die ich vor mich hin summe, die ich mir immer wieder vorsinge, bis ich darin eine geheime Bedeutung erkenne. Und mir ist klar, wie sehr der Umstand, dass ich meinen Brief mit diesen Worten beginne, verrückt, unsinnig, ja sogar absurd anmuten mag. Auch ist mir die Distanz zwischen dir und mir bewusst. Der erschreckende Graben hat mir zunächst ein Lächeln entlockt. Man lacht über das Fremde, lacht über den seltsamen Unterschied zwischen Mann und Frau, und du saßt auf deinem Traktor und fuhrst, den Blick auf den Horizont gerichtet, auf deine Pyrenäen, die von Wolken umspielt wurden, und auch deshalb schreibe ich dir. Aufgrund dieses wunderschönen Horizonts, dieses perfekten Zusammentreffens zwischen Himmel und Erde, einer wunderbaren Verbindung, über die du zu herrschen schienst.

Ich duze dich, ich bin so frei.

Es kommt mir vor, als würde ich dich kennen. Es mag eine Illusion sein, ein Effekt des Fernsehgeräts, das dir deinen schlimmsten Feind ins Haus holt. Sie sind wirklich gut, Sylvestre, die Produzenten, die mit der freien Zeit Handel treiben, mit der Unterhaltung, den Lovestorys untersten Kalibers. Sie haben dir als Hintergrundmusik Radiohead untergelegt, hinter deine Worte und Gesten als Schäfer. *No surprises*. Nicht einfach irgendwas. Kein x-beliebiges Stück. Die Stimme eines Thom Yorke. Hör ihn dir an. Meine gebeutelte Seele hat das sehr berührt. Es hat dich liebenswürdig und zugänglich wirken lassen, überhaupt nicht aus der Zeit gefallen. Nicht lächerlich. Nicht grotesk mit der Baskenmütze auf deinem groben Bauerngesicht, kerngesund, und dein khakifarbener Overall hat deine Atlas-Schultern betont. Rock and Roll pur! Der Inbegriff des Rockstars, der sich allen Moden widersetzt, allen Trends. Ein Rebell, Sylvestre, ein Danton, so habe ich dich gesehen. Imstande, noch die solideste Monarchie aus den Angeln zu heben.

Ich hatte mir geschworen, niemals in diese plumpe Falle zu tappen. Welche Frau kann dieser Illusion erliegen, kann daran glauben, kann blindlings einem Mann schreiben, den sie nur vom Bildschirm kennt? Der von den Kameraeinstellungen in Szene gesetzt wird. Millimetergenau auf das Kamera-Abenteuer zugeschnitten. Die Sentimentale. Die Naive. Die Dumme. Die Promi-Süchtige, die von einer Viertelsekunde nationaler Berühmtheit träumt. Die Erbärmliche. Ich habe mich über all die Unglücklichen lustig gemacht, die sich an die dicken Typen heranmachen, die man nur aufgrund ihres Mangels an Sex-Appeal ausgewählt hat.

Die Sendung ist schrecklich, Sylvestre, das kann man nicht leugnen. Die Fernsehwirklichkeit holt ans Licht, was sonst im Verborgenen bleibt. Beleuchtet das, was sonst unergründlich ist.

Die Liebe.

Sie ist schrecklich, weil sie einem vorgaukelt, dass es möglich ist. Dass man den Zufall kontrollieren kann wie eine x-beliebige Größe. Eine einfache Gleichung, die man befolgen muss, um sein Glück zu finden. Eine Winkelberechnung, eine Großaufnahme, Lidschatten und Make-up, um nicht aschfahl auszusehen, und ein paar Zugeständnisse an Mutter Natur. Wir wissen genau, dass es nicht echt ist. Wir sind ja nicht naiv, du und ich. Das macht unser Ansinnen so rührend. Würden wir eine Flaschenpost ins Meer werfen, wäre es nicht weniger ergreifend.

Du saßt auf deinem Traktor, aufrecht, wusstest, dass eine Kamera dein Leben filmt, ohne jedoch die ganze Tragweite der Situation zu erkennen. Ohne zu ahnen, welche Wirkung du auf diejenigen haben könntest, die dich sehen würden, und ich war eine von ihnen, eine von Millionen, die ihre Tafel Schokolade futtern, mit den Füßen unter einer Decke auf dem Wohnzimmersofa sitzen. Allein.

Allein vor dem Fernseher, der die Hintergrundgeräusche liefert. Bereit, meinen Spott abzulassen als vergebliche Läuterung.

Ungelogen, in meinem abendlichen Sumpf, Sylvestre, warst du für mich die Sonne. Ein plötzliches Licht, eine plötzliche Wärme, ein Perspektivenwechsel. Dabei mag ich weder Grünpflanzen noch Kornfelder, Kühe oder Kälber. Wiesen sind für mich große Flächen ohne Reiz, leer, ein menschenleeres Nichts. Für dich würde ich mein Reich verlassen. Würde deine Ländereien vermessen, dich auf den steinigen Pfaden begleiten, die deinen Hof umgeben. Ich würde zur Bäuerin werden, zur Landwirtin, zur Einheimischen, würde mich für Schweinefleisch und Schweinesülze begeistern. Für dich würde ich der Stadt den Rücken kehren, ihrem trügerischen Schein und dem unglaublichen Lärm der Menschen, die sich begegnen, ohne sich zu sehen. Ohne mich zu sehen. Und das bringt mich um, Sylvestre, so wie dich die Einsamkeit umbringt. Das hast du gesagt. Das sind deine Worte. Die Einsamkeit bringt dich um, die Einsamkeit macht dich fertig.

Das Landleben macht einsam. Das Stadtleben isoliert.

Du möchtest eine Frau, möchtest ein Duo bilden und Kinder haben, und ich bin im richtigen Alter, noch.

Dein Gesicht ist von eigentümlicher Schönheit. Ich erkenne darin Furchen, wilde Spuren deines Lebens, und könnte den Rest meines Lebens damit verbringen, dich eingehend zu studieren, und ich habe mir eine Fernsehzeitschrift besorgt mit einem Foto von dir. Das habe ich ausgeschnitten. Zweimal gefaltet und in meine Brieftasche gesteckt. Manchmal hole ich dich heraus, um mich zu vergewissern, dass du dich nicht verändert hast, dass du noch derselbe bist. Jedes Mal beruhigst du mich.

Und der Replay-Button auf meinem Computer bestätigt mir nur, wie richtig es ist, dass ich zur Feder greife.

Eine Chance, darum bitte ich dich, Sylvestre. Die Chance auf eine gemeinsame Geschichte, und ich werde die Kameras vergessen, den medialen Aufwand, und wir werden alle Klischees, alle klassischen Vorurteile und schon geschriebenen Szenarien Lügen strafen. Lass mich dich überraschen. Dich zähmen.

Sylvestre, Sylvestre, wenn du mich haben willst, wenn du mich aus der wirren Masse angeschwemmter Briefe herausfischen solltest, mich entdecken, es wäre ein Wunder, und ich würde dir deinen Vornamen ins Ohr säuseln, und du könntest meinen leise vor dich hin singen, als Echo, Lucie, Lucie, Lucie, das ist mein Traum, mein Ziel, dass ein Mann meinen Vornamen zu seiner Hymne verarbeitet, zu seiner Ode, zu einer eingängigen Melodie, seinem Ohrwurm.

14

Die Liebe und ungelöste Ödipus-Komplexe …

Der Wein hatte ihre Gesichter gerötet, und ihr Bruder hatte sie gewarnt: »Heute geht es rund, Papa wird sich hemmungslos besaufen und eine jämmerliche Figur abgeben!«

Beinahe hätte sie geantwortet, dass Papas jämmerliche Figur nicht vom Alkoholpegel abhängt, es sei vielmehr sein Normalzustand, aber sie konnte sich beherrschen. Jean würde nur wieder behaupten, sie hätte sich zu einer zynischen alten Jungfer entwickelt, bei der Hopfen und Malz verloren sei.

Er thront auf dem Stuhl rechts von seinem Vater, wie ein Vasall, der stolz ist, den Kelch seines Herrn zu halten, mit seinem Töchterchen auf dem Schoß. Seinem Gral. Sie ist herzallerliebst. Hat leuchtend rote Wangen, weil sie gerade Zähne kriegt, eine Schleife im Haar, ein Kleidchen, das farblich zu den Wangen passt. Seine Frau ist in der Küche und unterhält sich mit seiner Mutter, die Lucie beim letzten Mal anvertraut hat, dass Jean Glück hat, sie abgekriegt zu haben. Eine noble Person, sie passt perfekt zu seiner Persönlichkeit. Was ihre Mutter zugleich denkt, aber nicht explizit sagt, was aber wie ein Schlag ins Gesicht wirkt, ist, dass Pascal keine noble Person war und überhaupt nicht zu ihrer Persönlichkeit passte.

Sie hatte mehr als zehn Jahre gebraucht, um das zu durchschauen.

Da es schon nach fünf ist, hängen die Gäste etwas in den Seilen. Sie hatten Andrés Siebzigsten mit viel Prunk gefeiert. Ein Podest im hinteren Teil des Gartens dient als Tanzfläche, und manche hüpfen noch, widersetzen sich der Schwerkraft, die sie nach unten ziehen sollte. Geigen erschallen aus den Lautsprecherboxen. Eine Feier, die es locker mit einem Szenario aus Coppolas *Der Pate* aufnehmen kann, ohne die mafiöse Dekadenz und die Revolver in der Gesäßtasche.

Sie sitzt den beiden Männern gegenüber und studiert sie eingehend, schonungslos. Sie haben große Ähnlichkeit. Schmales Gesicht, große Nase, leichtes Schielen und die Tendenz, zu laut zu sprechen. Gaullisten durch und durch. Die beiden nehmen sie nicht wahr, sind völlig mit dem Gestammel der Kleinen beschäftigt, die ihre ersten zusammenhängenden Laute von sich gibt.

Jean ist der Ältere. Zwischen ihnen liegen nur zwölf Monate, was ihren Vater zum Lachen bringt, wenn er erzählt, dass Lucie quasi noch im Wochenbett gezeugt wurde. Wie soll das Leben nicht tragisch sein, wenn ein solches Etikett an einem haftet?

Eine leichte Brise weht den Pony ihres Bruders aus der Stirn, der bald, ohne dass er es verhindern kann, seine Haare verlieren, einen Bauch ansetzen und eine fiese Couperose bekommen wird. Sein Vater dient ihm als Spiegel, und sie begreift nicht, wie er sitzen bleiben kann, dass er nicht den geringsten Impuls zur Revolte verspürt, zum Widerstand. Sie an seiner Stelle würde fliehen. Ist der Blick erst einmal leer, ist die Welt nur noch vertrocknete Erde, die kein Asyl mehr bietet.

In Gedanken versunken hört sie nicht, wie Alexandre näher kommt. Er beugt sich über sie, von hinten, der Atem eines Mannes liebkost ihren Nacken. Ein sanfter und mächtiger Atem, ein Atem, der sie erstarren lässt und umhüllt. Er sagt etwas in der Art von: Als kleines Mädchen hast du schon auf meinem Schoß gesessen und Hoppe, hoppe, Reiter gespielt, und jetzt bist du so groß, so schön.

Sie dreht sich nicht um. Zeigt keine Reaktion. Unterdrückt alles, die unglaublichen Schauer, die Hitze, die feuchten Hände, die Spannung im Rücken und das Kribbeln im Bauch. Wie ein leichter Schmerz.

Die tiefe, raue Stimme ist der Grund für ihre Erregung. Die schöne Stimme eines Zigarillo-Rauchers, Wodkatrinkers, Frauenumarmers. Ihre Mutter hat sie stets vor diesem Mann gewarnt. Sie hat ihn Clown genannt, den guten Alexandre. Clown als Synonym für Playboy, Frauenheld, Casanova, Schürzenjäger, Filou.

»Don Juan ist nichts gegen deinen Alexandre«, sagte sie nur. Er will sie alle haben! Alle, nicht eine entgeht seinem Charme. Dieser Bulldogge, seinen Gelüsten nach Fleisch und seinem Hunger auf Frauen.

Schon als Kind spürte Lucie die ganze Abneigung, die ihre Mutter ihm gegenüber empfand, und zugleich eine heimliche, verborgene Faszination. Sie redete zu viel über diesen Mann. Und Lucie wusste nicht, ob Alexandre jemals gewagt hat, in ihrer Mutter etwas anderes zu sehen als die Frau seines Jugendfreunds. Erwachsene sind gut für Überraschungen, Geheimnisse, Verstecke, wo sie ihre Abenteuer hinpacken. Und er war ein Abenteurer, dieser Alexandre, ein Eroberer vor dem Herrn. Seine letzte Partnerin war fast zwanzig Jahre jünger als er, ein junger Hüpfer von fünfzig Jahren, die Lippen schon mit Botox aufgespritzt, die Stirn glatt gezogen und Absätze bis zum Himmel. Er hat sie verlassen, bevor sie ihn verließ, womit er sich in den Augen ihrer Mutter endgültig für die Kategorie »kein geeigneter Umgang« qualifizierte.

Sie dreht sich nicht um und lässt ihn reden. Lucies Atem passt sich an seinen an. Ihre Brust hebt sich, und sie schließt die Augen und zerfließt, schmilzt auf der elterlichen Terrasse dahin, zu den trägen Klängen der letzten Tänze dieses herannahenden Abends.

Er erzählt ihr, was aus ihnen hätte werden können, hätten nicht so viele Jahre zwischen ihnen gelegen. Wäre die Zeit nicht so ungerecht gewesen. Eine kleine Verschiebung, nichts Wildes. Was sind die Krumen weniger Jahrzehnte angesichts des großen Mahlstroms der Jahrhunderte? Was für eine Ironie, dieser kleine zeitliche Abstand, der sie trennt und den sie niemals würden aufholen können.

Dann geht er weg, entfernt sich, und sie spürt eine Zerrissenheit, einen Schmerz, seine Abwesenheit wie eine Wunde. Es ist lächerlich. Absurd. Sinnlos. Erbärmlich, dieser alte Kerl, der den Frauen Dinge ins Ohr säuselt. Lucies Herz erschlafft schon wieder, ihr Herz, das ohnehin nicht viel Regung gezeigt hat in letzter Zeit.

15

Die Liebe, immer nur die Liebe ...

(Er steht hinter ihr, bestimmt viel zu dicht, sie dreht sich nicht um. Er beugt sich über sie. Sie ist sich über sein Verhalten im Klaren, seine Position, seine gebeugte Haltung, seine Nähe. Seine Reglosigkeit.)

»Als kleines Mädchen bist du schon auf meinem Schoß geritten« (sagt er, und seine Stimme ist ein Bächlein, ein Rinnsal, das fließt, anschwillt und verschwindet), »und jetzt bist du so groß. Erinnerungen an dich als Mädchen, davon habe ich unzählige. Dein Lächeln, deine Launen, deine jugendlichen Rebellionen, und doch, und doch bist du schon auf meinem Schoß geritten.«

(Er schweigt. Sie wartet auf das, was kommt.)

»Als wärst du meine Tochter. Ich hatte dich gern. Ich habe dir Geschenke mitgebracht. Der Tochter meines Freundes, meines besten Freundes, mit dem ich allen möglichen Blödsinn angestellt und die Welt unsicher gemacht habe, bevor er sesshaft wurde. Bevor er sich eine Pause gönnte, und das kann man ihm nicht vorwerfen, deinem Vater. Das ist unser Schicksal, das Schicksal von uns Männern, Fundamente auszuheben und Schutzwälle zu bauen. Grundstücke abzustecken, Familien zu gründen, uns in der Geschichte zu verankern. Er war früher ein ziemlicher Hansdampf in allen Gassen, dein Vater, ein Heißsporn, ein wilder Kojote, und seine Tochter ähnelt ihm sehr.« (Er holt Luft, atmet tief ein, langsam aus, Auslassungszeichen in seinem Text.)

»Du bist als Kind auf meinem Schoß geritten, und ich betrachte dich jetzt schon, seit die Gartenparty angefangen hat. Die Gartenparty, deine Mutter hat überall rumerzählt, dass sie eine Gartenparty organisiert. Als wäre es Sinn und Zweck eines Lebens, im eigenen Garten Partys zu organisieren, um die Geburtstage alter Leute zu feiern. Alte Leute, das sind wir geworden, das denkst du doch, ich sehe es genau, Lucie, wie deine Augen uns ausradieren, wenn dein Blick uns streift, wie deine Wimpernspitzen uns beerdigen. Ein Wimpernschlag, schon sind wir zehn Fuß unter der Erde in einer schwarzen Kiste. Ersticken. Du bist auf meinem Schoß geritten, und jetzt, wenn ich dich so anschaue, denke ich, dass mittlerweile ich auf dir reiten könnte. Du errötest.«

(Sie errötet, sie errötet, sie kann nicht anders, ihr Gesicht brennt wie Feuer.)

»Ich weiß, dass du errötest und denkst, der Mann, der so mit dir spricht, ist ein alter Knacker, der Frauen Sachen ins Ohr flüstert, um sie erröten zu sehen, um sie aus der Fassung zu bringen, um noch einmal dieses schreckliche Spiel zu spielen. Das Spiel, das vorsieht, dass ich dich irgendwann hinter einen Busch bugsiere, weit hinten im Garten deiner Mutter, die ihre Gartenparty gibt, die nobelste, die gelungenste, die erlesenste aller Gartenpartys.

Ich bugsiere dich also in den hinteren Teil des Gartens, komme von hinten und drücke meine Hand auf deinen Mund, um deinen überraschten Schrei zu unterdrücken, und schnell presse ich mich an dich, damit du meinen Schwanz spürst. Du errötest noch mehr. Arme Lucie. So sensibel. So zartbesaitet. Du bist schon auf meinem Schoß geritten, und jetzt will ich, dass du meinen Schwanz spürst, was der deutlichste Beweis dafür ist, dass ich ein Mann bin und du eine Frau und dass mein Alter nur eine Lüge ist. Stellen wir uns vor, du kennst mich nicht. Du weißt nicht, dass ich derjenige bin, auf dessen Schoß du geritten bist. Wir begegnen uns zum ersten Mal. Dreh dich nicht um. Rühr dich nicht. Du kennst mich nicht, und du hörst meine Stimme und nimmst an, dass ich mit dem Mund deinen Nacken berühre, dass meine Lippen bis zur Wurzel deiner Haare wandern und wieder zurück. An deinem rechten Ohrläppchen saugen. Dass ich dich an der Taille packe, sie umfasse, dich zu Boden werfe, dich nach unten drücke und deine Beine spreize. Du stöhnst. Ich zwinge dich, du bist nicht bereit und presst die Beine zusammen, und ich verhindere es und drücke mich mit dem ganzen Körper an dich. Das Lachen der Gäste auf der Gartenparty deiner Mutter übertönt deinen Schrei, und ich drücke dich noch fester an mich und vernasche dich, wie man sich in den Abgrund stürzt, mit einem gewaltigen Ruck, einem Sprung, der schwindlig macht, und du klammerst dich an meinen Arm, du beißt mich, flehst mich an und akzeptierst meine ganze Kraft, die keinem alten Knacker gehört, nein. Keinem fast Toten, der sich an die Reize junger Frauen klammert, ohne anbeißen zu können.

Sag, dass du einverstanden bist.

Sag, dass du mich haben willst.

Sag, dass du alles vergisst.

Was du über mich weißt. Was du von mir denkst. Die Beine, auf denen du geritten bist. Mein alter Körper, mein schwerer Atem, die weißen Haare, die Flecken an meinen Händen. Du willst meine Haut an deiner und dass ich deinen Rock hochhebe, der uns im Weg ist, und dass ich dich umdrehe. Sag, dass du meine Augen sehen willst. In sie eintauchen. Du willst, dass ich dich nehme und dabei deinen Bauch berühre, mich an dir reibe, und mein Schweiß wird dich mit Freude erfüllen, und ich werde dich küssen. Ich werde dich voller Verzweiflung küssen, dich ganz in meinem Mund spüren, um dein Aroma für alle Ewigkeit in mich aufzunehmen. Um es mit ins Grab zu nehmen und mich daran zu laben. Das würde ich tun, Lucie, wenn ich nicht so klapprig wäre. Und das ist ungerecht. Gemein, denn ich könnte dich zum Schreien bringen. All die Freude, all das Vergnügen, das ich dir bescheren könnte, wenn der Altersunterschied zwischen uns geringer wäre. Die Zeit holt uns ein, die Zeit prägt uns, sie bringt uns um das Vergnügen, dabei könnte ich dir so viel Freude bescheren, Lucie, dir, die auf meinem Schoß geritten ist. Jetzt klinge ich wie ein Perverser. Ein Dreckskerl, der ein Mädchen anbaggert, das fast seine Tochter ist, eine letzte inzestuöse Tat zum Abschluss, bevor ich mich fallen lasse, verschwinde, mich auflöse.

Sag, dass du mich haben willst, Lucie.

Dass du mich, ohne zu zögern, nehmen würdest.«

(Ja, denkt sie, ja, aber sie schweigt, weil sie keine Stimme mehr hat, nichts mehr. Ihre Fäuste sind geballt, und sie beherrscht sich, um nicht schwach zu werden, vom Stuhl zu kippen, umzufallen, und er geht weg, entfernt sich. Er fehlt ihr.)

16

Die Liebe und der Eid des Hippokrates …

Die Praxis von Doktor Méjan. Sie hat einen Termin um fünf Uhr, nach Schulschluss. Von ihrem Rücken, der vor Schmerzen heult, bis zu ihrem Bauch, der sich munter verkrampft, von ihren Knöcheln, die sich verrenken, bis zu ihren Fieberbläschen, die in ihrem Mund sprießen, ist Lucie ein einziges Wrack.

Er ist ein Profi, der gute Doktor Méjan. Hat im Laufe seiner Karriere bestimmt viele Mädels wie sie gesehen, die von Kopf bis Fuß verflucht sind. Seine Stimme nimmt einen Ton an, der zugleich fürsorglich und besorgt klingt. Er blickt nicht mit Abscheu auf die kleinen Wunden, Anfälle von Müdigkeit, Migräneattacken oder heimtückische Schlaflosigkeit, nein, er sieht in ihnen Feinde. Versucht, die Intensität der Schlacht abzuschätzen. Kämpft an der Seite seiner Patienten, mit vollem Einsatz.

Und außerdem ist er abgrundtief hässlich mit seinen meterdicken Brillengläsern und seinem Doppelkinn. Es ist sehr angenehm, von einem Mann untersucht zu werden, den man seiner primären Funktion beraubt hat.

Sich vor ihm auszuziehen ist ganz einfach, und Lucie

könnte vor seinen Augen im Evakostüm herumlaufen, ohne dass ihr Schamgefühl sie zur Ordnung rufen würde.

Mit anderen Worten, der gute Méjan macht nicht viel her.

Das Wartezimmer ist erstaunlich leer. Vor dem Fenster verläuft die Straße, und die Passanten sind Schatten, die eilig dem Bürgersteig entfliehen. Mitten im Winter kommt die Nacht zu schnell, zu früh, Lucie ertappt sich immer wieder dabei, wie sie versucht, sie zu verscheuchen. Die Deckenleuchte brennt noch nicht, das Zimmer wird dunkel, und der Schlaf, nach dem sie sich nächtens sehnt, überfällt sie in diesem Moment. Sie könnte in einen Jahrhundertschlaf verfallen, auf diesem harten Stuhl, mit dem Geruch nach Desinfektionsmitteln. Das Dornröschen-Syndrom.

Die Tür geht auf. Sie zuckt zusammen. Der Mann entschuldigt sich.

»Entschuldigung«, sagt er, »Entschuldigung, ich habe Sie erschreckt.«

»Überhaupt nicht«, sagt sie, aber sie kann nicht gut lügen, und er durchschaut sie. Er streckt ihr die Hand hin.

»Doktor Mayor«, sagt er.

Sie erstarrt.

»Ich vertrete Doktor Méjan.«

»Ah«, stammelt sie.

»Ja«, fährt er fort, »Doktor Méjan gönnt sich ein paar Tage Urlaub, wohlverdient, nicht wahr?«

In dem Moment wird ihr der Grund für ihr absurdes Verstummen klar. Er sieht nicht nur gut aus, dieser Doktor Mayor. Er ist perfekt. Er ist der Traumarzt schlechthin. In vollendeter Form. Das platonische Ideal fleischgewordener Schönheit, noch dazu mit einem Stethoskop um den Hals. Das Modell, das in amerikanischen Serien verwendet wird, in denen die Drehbuchautoren das erotische Potenzial von medizinischem Fachpersonal begriffen haben.

Ihm ihre Darmprobleme zu schildern wird eine große Herausforderung sein.

Er zeigt ihr die Richtung, in die sie gehen soll, und sie zögert kurz. Schließlich steht sie auf und geht vor ihm her ins Behandlungszimmer, das ihr heute wie unbekanntes Terrain vorkommt, übersichtliches Gelände, in dem sie sich neu wird orientieren müssen. Er zeigt auf den Stuhl. Sie bleibt stehen. Sie zögert. Sie könnte fliehen. Noch. Er ist zu perfekt, zu glatt, der Mann. Sie wird sich endlosen Spekulationen hingeben, ihrer Fantasie freien Lauf lassen. Zu spät. Die Hand des Arztes ist geöffnet, und sie sucht nach dem Ehering, wie armselig. Keinerlei Abdruck eines Rings, auch keine Hinweise auf frühere Ringe, und ihre Hoffnung schießt nach oben. Ein hoffnungsvoller Tsunami wirft sie über den Haufen. In Liebesromanen geht es genauso los. Ohne jeglichen Vorsatz.

Die Früchte zeitlich zusammenfallender Handlungen, die man Zufall nennt.

Er fragt sie, was sie zu ihm führt. Sie könnte antworten, das Glück, das Schicksal, ein unerwartetes Wunder, das den Lauf des Lebens ändert. Sie zeichnet ein vages Bild. Eine verwirrende Müdigkeit. Er führt sie zur Untersuchungsliege und bereitet sie darauf vor, dass er ihr

Herz abhorchen wird. Ihr plötzliches Herzrasen wird ihn überraschen.

Er wird sich fragen, was diesen kleinen empfindlichen Muskel so zum Pochen bringen kann.

Sollte ihn etwas verwirren, lässt er es sich nicht anmerken, professionell bis zur Blutdruckmessung, und Lucies Venen schwellen unter der Erregung an. Sie spürt die Wallung ihres Blutkreislaufs. Sie seufzt laut, und er fragt sie, ob alles in Ordnung ist, ob er ihr mit dem Blutdruckmesser um ihren Arm nicht wehtut. Mein Schmerz ist artig, denkt sie, er verhält sich ruhig.

Als er auf die andere Seite wechselt, berührt er sie, und sie erbleicht, erschaudert, sie könnte rückwärts umfallen, nach hinten kippen, aber sie bleibt stoisch und steif, rührt sich nicht. Sie zeigt keine Regung, und er sagt: Hundertzwanzig. Ihr Blutdruck liegt bei hundertzwanzig. Das ist gut. Normal.

Diese Hundertzwanzig sind ein Verrat ihres Körpers, ein Fantasiewert. Sie hat einen Puls von hundertacht, kurz vorm Explodieren. Hundertacht. Er müsste ihren beschleunigten Puls hören, die Sintflut in ihren Adern, das wilde Hämmern.

Und ihr wird klar, dass er von diesem Tumult nichts sieht, nichts mitkriegt. Die restlichen Fragen beweisen seine völlige Gleichgültigkeit, seine kompetente Professionalität, und sie antwortet mit frustriertem Magengrummeln.

Ja, sie ist gesund, aber sie schläft nicht gut, und sie treibt regelmäßig Sport, und nein, sie hat keine größeren Sorgen.

Am Ende sitzen sie sich Auge in Auge gegenüber, den Schreibtisch aus Massivholz zwischen ihnen, und die Nacht hat sich breitgemacht. Er zögert, bevor er ihr das Magenmittel verschreibt, das Méjan bestimmt sofort rausgerückt hätte. Er konzentriert sich auf seine Diagnose und schickt sie sicherlich bald nach Hause, ohne sich um die Anspannung zu scheren, die dieser Termin bei ihr ausgelöst hat. Um ihn noch etwas zurückzuhalten, erzählt sie ihm, dass sie Single ist und dass das Singledasein belastend ist, schmerzhaft, bedrückend, und es lässt ihn völlig kalt, er fragt lediglich, ob sie Antidepressiva nimmt, als wäre das Antidepressivum ein Heilmittel gegen Liebesentzug.

»*Nada*«, antwortet sie, *niente*. Keine Antidepressiva. Und sie zieht die Schultern hoch, eine bescheidene, lässige Bewegung, locker und doch leicht nervös. Damit er sie etwas beunruhigt gehen lässt, wenigstens das.

17

Die Liebe und Romuald, zum Zweiten …

Er ruft an einem Sonntagabend an, sie sitzt auf dem Sofa und bereitet sich auf den abendlichen Spielfilm vor. Hat ein klassisches Tablett zusammengestellt, tiefgekühltes Karottenpüree, in der Mikrowelle aufgewärmt, gekochter Schinken, eine Dose Cola. Pascal hat Cola gehasst. Er hat ihr das Experiment vorgeführt, bei dem ein Stück verrostetes Metall in das Getränk getaucht wird und die Bläschen alles abbeizen, alles säubern. Er hatte betont, die Wirkung auf den Magen sei identisch. Daraufhin hatte sie mehr als zwölf Jahre lang auf Cola verzichtet, doch seit er nicht mehr da ist, schüttet sie sie literweise in sich hinein, putzt ihr Inneres mit dem allergrößten Vergnügen.

Auf dem Display ihres Handys steht: *Romuald*, und sie zögert einen Moment, bevor sie rangeht. Ohne Umschweife erzählt er ihr von seinem neuen Wagen und dessen perfekter Straßenlage, und sie erkennt das Symptom desjenigen, der das ganze Wochenende kein Wort gesprochen hat, darum lässt sie ihn sein Herz ausschütten, unterbricht ihn nicht. Seine Äußerungen betreffen auch

Adeline, doch das war zu erwarten, und so schreitet sie auch jetzt nicht ein. Er befindet sich in der Phase der Wiederkäuung, Substantiv des Verbs wiederkäuen. Holt sich dieselben Ereignisse wieder in den Mund, um sie erneut auszuspucken. Auch das ist klassisch. Anschließend folgen in beliebiger Reihenfolge die Entsagung vom Verb entsagen, die Niedergeschlagenheit vom Verb niederschlagen, die tiefe Depression vom Verb im Sumpf einer zu Ende gegangenen Liebe versinken.

Er fragt, ob er vorbeikommen kann. Er kennt ihre Adresse, er ist in der Nähe, ein Katzensprung, vor allem mit seinem neuen Schlitten. Seine Argumente sind überzeugend. Sie fragt nicht nach den wahren Gründen für diesen Besuch am Sonntagabend, auch wenn sie weiß, dass es ihr nicht liegt, anderen die Schulter zu tätscheln und einsame Seelen zu trösten.

»Komm vorbei«, sagt sie, als würde es nichts bedeuten und hätte keine Konsequenzen, doch sobald sie auflegt, steht sie unter der Dusche und rasiert sich die überflüssigen Haare an den Beinen, trägt Parfüm auf, schminkt sich. Rüstet sich für alle Eventualitäten.

Als sie die Tür aufmacht, lehnt er im dunklen Flur ihres schäbigen Wohnblocks an der Wand, von der der Putz abbröckelt. Das Licht aus der Wohnung fällt auf sein Gesicht, und er muss blinzeln. Er ist die Treppe hochgekommen, ohne den Lichtschalter gefunden zu haben, hat sich ein wenig gestoßen, ist auf einer Stufe abgerutscht, und die Weinflasche in seiner Hand ist vermutlich eine Schwester derjenigen, die er bereits allein getrunken hat. Er hat eine Blume zwischen den Zähnen. Eine Rose, die er vom Balkon der Nachbarin im Erdgeschoss stibitzt hat, die es satthat, dass man ihre Blumen klaut, und die jedes Mal damit droht, beim nächsten Mal die Polizei zu verständigen. »Wie lächerlich!«, sagt sie zu ihm.

Es ist nicht lächerlich.

Es ist rührend. Sie ist gerührt.

Sie geht zur Seite, um ihn hereinzulassen, und fängt seinen Männergeruch ein, und genau das fehlt ihr. Dieser aufreizende Duft, und ihr ist durchaus bewusst, dass sie ihm diesen natürlichen Geruch in ein paar Jahren womöglich vorwerfen würde und dass dann Deos und Parfüms zu den Geschenken gehören würden, die sich Weihnachten unterm Baum stapeln könnten. In dem Moment nimmt sie sich vor, niemals unter den Achseln der Männer zu schnuppern, um anschließend den Geruch nach Männlichkeit zu übertünchen.

Er zögert, bevor er ihr kleines Wohnzimmer betritt, und natürlich ist es nicht der ganz große Luxus. Sie hat ihr Tablett auf dem Couchtisch vergessen, und ihr Püree gammelt vor sich hin in Gesellschaft des unbeteiligt wirkenden kalten Schinkens. Nur die Cola versprüht noch Lebendigkeit.

Sie redet zu viel. Entschuldigt sich für die Unordnung. Sie schlägt auf die Kissen, um sie etwas aufzupeppen, schiebt mit dem Fuß die Krümel auf den Fliesen zur Seite. Romuald setzt sich fast entschuldigend hin, und sie meint, schon jetzt in seiner Stimme ein Bedauern zu erkennen. Er macht sich Vorwürfe, dass er gekommen ist. Er hat getrunken, vermutlich zu viel, in seinem Wagen. Letztendlich wäre er bei sich zu Hause besser aufgehoben, besser als hier, und sie textet ihn zu, damit er es nicht zu sehr bedauert. Seine Stirn legt sich in Falten, seine Falten werden tiefer, und sie sagt, er habe sich nicht sehr verändert.

»Wir waren damals zwanzig, weißt du noch«, entgegnet er und macht die Flasche auf, und sie trinkt, auch wenn sie dabei mit ihren geheiligten Sonntagsgewohnheiten bricht. Kein Alkohol vorm Unterricht am Montag.

Sie stoßen miteinander an. Auf die verflossene Jugend. Ihre begrabenen Liebschaften, bedeckt von einem Haufen Erde, auf die sie spucken werden wie auf ein Grab. Er gesteht ihr, dass er Pascal nie leiden mochte. Schon an der Uni war er ein eingebildeter Fatzke. Der anderen Vorträge hielt, ein heimlicher kleiner Professor. Sie fällt aus allen Wolken, schreit los: »Wie kannst du so was sagen?«, empört über die *nachträgliche* Kritik. Er hebt sein Glas und blickt ihr tief in die Augen. Das gefällt ihr sehr. Wenn man ihr tief in die Augen blickt. Eine schöne Formulierung, und ein tiefer Blick in ihre Augen ist besser als nichts. Er erzählt von der Silvesternacht, die sie vor langer Zeit miteinander verbracht haben. Kurz nachdem er sich auf Adeline eingelassen hatte. Ein Jahr bevor sie sich Pascal geangelt hat. Geangelt, ja. Einen Fisch, den man aus dem Wasser zieht.

Sie erinnert sich an alles.

Er hebt sein Glas und stößt auf die Wege im Leben an, die nicht selten von Rom wegführen.

Sie ist auf Tuchfühlung mit ihm. Ihr Bein berührt seins. Sein Arm legt sich von hinten um sie. Langsam kippt er zur Seite. Sie sieht die Szene in Zeitlupe vor sich. Er, sie, ihre leeren Gläser. Die Krümel auf dem Boden.

Sein Mund kommt näher, und sie braucht nichts zu tun. Ihn nur zu empfangen, aufzunehmen. Willkommen bei mir daheim.

Sie weicht zurück.

Ein Reflex, eine Primatenhandlung, ein Affe, der die Liebkosung eines Menschen ablehnt.

Ihr Kopf dreht sich weg, ein Atem, der sie verfehlt, ein Zentimeter, der alles zunichtemacht, und natürlich erstarrt er, hält mitten in der Bewegung inne.

Ihre Reaktion kommt so überraschend, dass es ihr die Sprache verschlägt, sie ist entsetzt, dass sie zu einem solchen Verhalten fähig ist. Schon entschuldigt er sich, erhebt sich, geht weg, und sie folgt ihm, die Hände verkrampft, immer noch schweigend, durch das Wohnzimmer, in den Flur, unfähig, sich zu rechtfertigen, zu erklären, und er geht, die Tür fällt ins Schloss. Sie hört, wie er die Treppe hinunterstürmt, im Dunkeln, blind, und sie empfindet Mitleid mit ihm. Mit ihm. Mit sich. Mit der Menschheit.

Und sie bleibt vor dem Fernseher hängen, Rückkehr zur Ausgangssituation, fast, mit dem ungenießbaren Püree und der Vorstellung, niemals, niemals ein zivilisierter Mensch zu werden.

18

Die Liebe vor fünfzehn Jahren …

Es wird schon fast hell. Ein großes Zimmer. Ein Klavier im Hintergrund. Sofas, auf denen Menschen schlafen. Pascal gehört zu diesen verschlungenen Körpern, und sie kennt ihn nicht. Noch nicht. Es wird noch ein paar Monate dauern, bis er sie anspricht.

Sie alle schlafen, es ist Neujahr, und da Lucie nicht müde ist, hängt sie zwischen den Flaschenleichen herum, zwischen zertrampelten Plastikgläsern und vollen Aschenbechern, die die Gäste später angewidert in den Mülleimer leeren werden, erschrocken über das, was ihre Lungen aufgenommen haben müssen. Romuald hatte sie eingeladen, sie und ihre zwei Freundinnen. Sie mag diesen Romuald. Er macht seinen Magister, wie sie. Die Wohnung seines Vaters ist riesig, und da dieser oft weg ist, nutzt er die Gelegenheit, um Partys zu feiern. Eine nach der anderen. Adeline, Lucie und noch eine Frau, die Coralie heißt (eine struppige Rothaarige, die wie ein Pferd wiehert, aber sehr schnell von der Bildfläche verschwinden wird). Sie sind die drei Musketiere der Psychologie, als hätten sich Athos, Porthos und Aramis der Transaktionsanalyse verschrieben, ohne zu wissen, dass einer von ihnen sterben wird.

Adeline hat den Abend gut genutzt. Irgendwann hat sie Romuald nach draußen geschleppt, und bei ihrer Rückkehr hielten sie Händchen, und Lucie hat sehr wohl gemerkt, dass sie sich nähergekommen waren.

Sie tritt auf den Balkon. Die Nacht geht zu Ende. Verliert an Substanz. Ein neuer Morgen bricht an, wie der Dichter sagen würde. Sie ist vierundzwanzig. Es kommt ihr vor, als gehörte ihr die Welt, als würde sie den Reigen eröffnen. Er ist einfach fantastisch, der strahlende Himmel, der sich einen Spaltbreit öffnet. Jemand stellt sich neben sie. Legt die Ellbogen auf das Geländer.

»Das ist wunderschön«, sagt er.

(Romuald, natürlich. Wer sonst? Sie wird Pascal erst in ein paar Monaten näherkommen. Jetzt ist sie nicht in der Stimmung, diesen Moment mit jemandem zu teilen. Keine Diplomatie. Kein Kompromiss. Der neue Himmel eines beginnenden Jahres ist ein intimer Ort, den es zu respektieren gilt.)

»Lucie«, sagt er, »ich habe den ganzen Abend nach dir gesucht.«

(Sie zuckt mit den Schultern. Er hat getrunken, ist noch besoffen, lässt den Alkohol sprechen, der seine Gedanken verflüssigt. Nicht gerade originell. Er lacht ein bisschen, seine Stimme zeugt von der innerlichen Freude, die nur danach dürstet, sich zu entladen.)

»Lucie«, fährt er fort, »wir haben uns verpasst. Wir haben uns verfehlt, wir sind aneinander vorbeigelaufen, ohne uns zu sehen. Das ist wirklich schade.«

(Sie seufzt. Er soll sie jetzt in Ruhe lassen. Zu Adeline zurückkehren und schlafen.)

»Meinst du, wir werden es bereuen? Wenn wir alt sind und zurückschauen auf den Weg, den wir hinter uns haben, werden wir dann sagen, ich bin falsch abgebogen? Ich bin auf ein Abstellgleis geraten.«

»Nein«, sagt sie schließlich. »Man sollte nie etwas bereuen« (entschlossene Sätze wie diesen hat sie jede Menge parat. *Was dich nicht tötet, macht dich nur noch härter*, zum Beispiel, dabei weiß sie heute, dass das, was dich nicht tötet, dich zwar nicht tötet, *dir aber Schmerzen zufügt*, und sie würde ihr gern sagen, der Lucie von damals, dass sie den Himmel Himmel sein lassen soll, sich an etwas anderes klammern und ein wenig über die Konsequenzen der eigenen Handlungen nachdenken). »Und wenn wir alt sind, werden wir diesen Augenblick vergessen haben. Wir werden Alzheimer im schlimmsten Stadium haben. Die Zelldegeneration ist die Lösung für Reuegefühle.«

(Er legt sein Kinn auf ihre Schulter.)

»Wenn du willst, hauen wir ab. Sofort. Wir nehmen mein Auto, es steht vor der Tür. Wir düsen los. Fahren ans Meer.«

»Das Meer ist ein Klassiker«, pariert sie. »Nicht ans Meer. Es ist eklig, verschmutzt, alle Spießer dieser Galaxie wollen unbedingt ans Meer. Ein bisschen origineller dürfen deine Vorschläge schon sein. Deine billigen Einfälle kannst du dir für andere aufsparen.«

»In die Berge.«

»In die Berge? Wozu?«

»Um unser Leben dort zu verbringen. Ich werde Imker, du stellst Schafskäse her. Den verkaufen wir auf dem

Markt. In unserem kleinen Lieferwagen bringst du unser erstes Kind zur Welt. Wir nennen es Dylan als Hommage an Bob, oder Bob, wenn dir das lieber ist, Dylan klingt grässlich.«

»Nein.«

(Er hebt das Kinn, und sie spürt seinen Atem im Nacken, und außerdem den kühlen Morgenwind, der sich die Lunge aus dem Hals pustet, um sie durcheinanderzubringen.)

»Du bist ein schwieriges Mädchen, Lucie.«

»Nein.«

»Das exakte Gegenteil von einem leichten Mädchen.«

»Quatsch.«

»Irgendwann schreibe ich einen Roman für dich, in dem du meine Hauptfigur bist und alle Fragen mit einsilbigen Wörtern beantwortest. Negativen Aussagesätzen, die alle Annäherungsversuche der unglücklichen Männchen, die um dich kreisen, zunichtemachen. Du wirst eine Herzensbrecherin sein, ein kaltes, gnadenloses Weibchen.«

»Das würdest du tun?«

»Ja, ein Weltbestseller mit dem Titel: *Die Neinsagerin.*«

(Endlich lacht sie. Er ist witzig, und sie kann nicht widerstehen und lässt den Wind über ihre Wirbelsäule streichen, ohne sich dagegen zu wehren, und sie will ihm gern zugestehen, dass er den Neujahrshimmel in ihrer Gesellschaft liebt. Doch dann vermasselt sie alles.)

»Und Adeline?«

»Was ist mit Adeline?«

»Welchen Platz hat Adeline in deinem Roman?«

(Er antwortet nicht. Er weiß, dass es vorbei ist. Dass es nicht bloß ein Spiel ist, und vielleicht werden sie in ein paar Jahren darüber reden, über diesen Moment, in dem sie beide, er und sie, beinahe ans Meer gefahren wären, in die Berge oder sonst wohin. Und nein, Alzheimer hat ihnen die Last nicht abgenommen, und Reuegefühle sind wie Früchte, die am Baum verfaulen.)

19

Die Liebe und die Konsumgesellschaft …

Sonderangebote, Rabattcoupons sind nur interessant, wenn man eine Familie hat, die groß genug ist, damit sich die Investition lohnt. Das Achter-Paket Joghurt kommt für die Singlefrau unter fünfzig, zu der Lucie jetzt geworden ist, genauso wenig infrage wie ihr früheres Grillhähnchen. Zum Glück haben die Supermarktverkäufer kapiert, dass sie auf eine kritische Masse allein lebender Menschen zählen können und dass diese Leute als Zielgruppe für den Handel sehr attraktiv sind. Daher haben sie sich das »Mini-Dessert« ausgedacht, das in einem Gläschen recht appetitlich daherkommt, um den ersten Frust über die kleinen Einkaufsmengen zu verscheuchen. Ist man optimistisch gestimmt, kann man auch den Zweierpack erwerben und den Verzehr des Produkts auf zwei Tage verteilen. Oder es mit einem Fremden teilen, den man vor einem Supermarktregal kennengelernt hat.

Ein Supermarkt ist etwas Tolles. Ein Ort, der dem Triebkauf geweiht ist, der faszinierenden Fähigkeit des Menschen, Verführungen zu erliegen. Was könnte erotischer sein?

Im gut sortierten Labyrinth der Hülsenfrüchte und Getreideflocken, zwischen Fertigsuppen und pasteurisierter Milch lässt sich auch anderes aufspüren als Lebensmittel. Das redet sie sich ein, um sich zu motivieren, wenn ihre Reserven zusammengeschmolzen sind, ihr Kühlschrank nach Futter schreit und ihre Tendenz zur Stubenhockerei sie davon abhält, auch nur einen Finger zu rühren. Was regelmäßig vorkommt. Mit Pascal hat sie sich samstags den Großeinkauf gegeben. Das war seine Formulierung, sich den Großeinkauf geben. Er schob das Wägelchen, sie zog als Späherin los, mit der Liste in der Hand. Das ging ziemlich fix. Sie hat gern mit Pascal eingekauft. Und außerdem war er bei ihnen der Koch. »Du bist eine tolle Frau, Lucie. Aber eins ist klar: Heiß wird bei dir nicht der Herd.« Auch das war seine Formulierung, weiß der Himmel, wie viele Formulierungen er draufhatte, ihr Pascal.

Fast schon ein Kompliment, wenn sie darüber nachdachte.

Beim Betreten des Ladens trifft sie Arthur. Mit seinem Hund. Ein Penner mit pockennarbigem Gesicht und schleppender Sprechweise. Anfangs hat sie ihn ignoriert, wenn sie an ihm vorbeiging, doch neulich haben sie angefangen, sich zu unterhalten. Er hat ihr erzählt, dass er in Birma war, dass er dort als Ingenieur gearbeitet hat und ihm das Leben hart zugesetzt hat. Sie zweifelt zwar den Wahrheitsgehalt seiner Worte an, aber er konnte reden wie ein Buch, der gute Arthur. Er hat eine gespreizte Art zu reden. Dabei träumt sie keineswegs von einem Mann, der seine Papiere verloren hat, und auch einen Teil seines Verstandes, und der seinen Hund Parabellum nennt, aber egal, er hat Augen, die zum Träumen anregen. Sie unterhält sich kurz mit ihm und legt dann ein paar Münzen in seinen Hundenapf, unauffällig, um ihn nicht zu demütigen.

Die doppelte Schiebetür gleitet auseinander, und sie erkennt sie sofort, die Männer, die glücklich versorgt sind und mit ihrem Wägelchen dastehen, in ihre Smartphones versunken oder mit den Kindern beschäftigt, während ihre Frau zusammensucht, was sie zum Essen brauchen. Das postmoderne Konzept der Kernfamilie besteht in der Umkehrung der Rollen. Diese Männer interessieren sie nicht. Sie wissen noch nicht, dass sich die Liebe in Luft auflösen wird. Seine Haut retten kann man nur, indem man nicht mehr daran glaubt.

Sie kommt an den frischen Ravioli vorbei, wo ein Mann steht, der nicht übel aussieht und nicht weiterzuwissen scheint, doch schon eilt eine Frau herbei und küsst ihn, um das Revier abzustecken. Sie scheint die Gefahr zu wittern.

Der Typ, der direkt vor ihr das Tiefkühlregal abläuft, gehört schon eher zu ihrer Kaste, keine Frage. Das erkennt sie am Inhalt seines Korbs, den er auf dem Boden abgestellt hat, während er mit dem Kopf in die Tiefkühltruhen taucht. Es ist nicht viel drin, Toastbrot für seine Sandwichs, Mayonnaise in der Tube, Gewürzgurken, Chips und vier Scheiben Schinken. Kaffee. Sie mag die Sorte nicht, die er gewählt hat. Ein Robusta-Kaffee. Seine Geschmacksnerven scheinen nicht sehr sensibel zu sein. Er taucht aus der Kälte auf, sieht sie und reckt das Kinn zum Zeichen dafür, dass er sie wiedererkennt, ihre Blicke haben sich zum dritten Mal gestreift. Innerhalb von einer Viertelstunde sind sie sich dreimal begegnet.

Bei den Konserven.

Bei der Schokolade.

Bei der Bolognese.

Der Zufall, geleitet von den Konsumgewohnheiten.

Sein Nicken wirkt so vertraut, dass sie um ein Haar ihre Recyclingtasche fallen lässt.

Sie lächelt kurz. Sie mag sein Hemd nicht, das aus der Hose heraushängt, aber sie wird sich mit ihm nicht über ästhetische Vorlieben streiten. In der Hand hält er eine Pizza, ein großer Klassiker bei Männern mit Herd, aber ohne Frau. Er zögert kurz, dreht sich um und geht weiter, lässt den Deckel der Tiefkühltruhe offen stehen. Bereitwillig lässt Lucie den Mann ziehen, sich im Labyrinth der Regale verlieren. Ein Mann, der den Deckel einer Tiefkühltruhe in der Tiefkühlabteilung eines Supermarkts nicht schließt, ist ein Mann, der die Klobrille beim Pinkeln unten lässt. Was die Pizza und ihre Folgevermutung erklären könnte.

Die Kassiererin ist ein Kassierer. Sie kennt ihn. *Fabrice, stets zu Ihren Diensten*, steht auf seinem Anstecker. Seit drei Monaten arbeitet er hier, und sie hat ihn gefragt, ob es nicht anstrengend ist, stets allen zu Diensten zu sein. Er hat nur gelacht und geantwortet: »Das kommt auf die Leute an.«

Er ist jung und süß und ungefährlich. Sie schwört mit der Hand auf dem Herzen, dass sie ihn nicht angesprochen hat, um ihn zu verführen. Keine Zweideutigkeiten. Er hat ihr erzählt, dass er als Student hier jobbt und nicht vorhat, hinter der Registrierkasse zu versauern, und dass er mit seinem Bachelor hier eingestellt werden könnte. Als Führungskraft. Sein Ziel sei es, Manager dieser Ladenkette zu werden, und sie hat ihn ermuntert, hat ihren wohlmeinenden Lehrerinnenton angenommen. Eine Lehrerin flirtet nicht. Sie teilt ihr Wissen mit, legt eine wohlwollende Haltung an den Tag. Seither erkennt er sie von Weitem. Die Frau vor ihr fertigt er in Windeseile ab, und schon ist Lucie dran. Fast hat sie das Gefühl, ein roter Teppich werde unter ihr entrollt. Er scherzt ein wenig, lässt die drei Artikel an sich vorüberziehen, und sie sagen: »Auf Wiedersehen«, »schönen Abend«, »bis bald, kommen Sie gut nach Hause«, »viel Erfolg«. Sie hat das Gefühl, ihren Bedarf an Menschen gedeckt zu haben, wenn auch nicht den ihres Kühlschranks.

20

Die Liebe unterm Sternenzelt …

Der Vollmond gleicht einem neugierigen Auge. Die Sterne, funkelnde Voyeure, blinken und interessieren sich nicht für unser Liebesspiel, unsere ungelenken Liebkosungen, unser ungestümes Treiben. Lucie liegt am Strand und lässt zu, dass der Mann ihre Hand in seine nimmt.

Sie wird jetzt nicht die Prüde spielen. Wird aufhören zu zittern. Aufhören zu schwitzen und nicht zu wissen, wohin mit ihren Armen. Und auch aufhören zu versteifen.

Sie verlangsamt die Atmung, die gerade mit ihr durchgeht und die droht, sie wie einen Luftballon aufzublasen, und sie könnte davonfliegen, den feuchtkalten Sand zurücklassen, der nass an ihrem Rücken klebt, obwohl er ihr seinen Pulli untergelegt hat. Sich zu den lachenden Sternen gesellen, die ständig erste Küsse miterleben und sich einen feuchten Kehricht darum scheren, denen unsere Anfängergefühle egal sind, unsere verzweifelten Versuche, den Mann fürs Leben zu finden. Unsere Hektik, wenn wir zum Akt schreiten.

Zu Akt eins in ihrem Fall. Der Exposition eines Theaterstücks, das längere Zeit nicht mehr aufgeführt wurde, und sie vergisst den Text. Die Inszenierung ist holprig. Die Darstellung miserabel.

Er nimmt ihre Hand und führt sie zu seinem Mund, und das Kribbeln, das in ihr hochsteigt, dreht ihr den Magen um, sie würde am liebsten ein tiefes Loch in den Sand graben und darin versinken. Sich in der Erde verankern. Er saugt an ihren Fingern. Witzig ist das. Sie würde am liebsten lachen wie die Gestirne um sie herum, wie der Himmel, der sie beide umhüllt, aber sie hält sich zurück, weil er sich alle Mühe gibt, dem Ganzen einen ernsten Anstrich verleiht. Seine Zunge rollt sich um ihren Zeigefinger, und sie presst die Beine zusammen und die Zähne aufeinander.

Fabien heißt er. An seinem Vornamen gibt es nichts auszusetzen. Nicht originell, aber auch nicht zu abgenutzt.

Er hat ihr anvertraut, dass sie ihm schon im Flieger aufgefallen sei. Eine Kleine, die viel redet, das ist genau sein Typ. Sie hat ihm nicht gestanden, dass sie ihn erst am dritten Tag wahrgenommen hat. Beim Aquafitness um elf Uhr im Hauptbecken. Er stand vor ihr, und sie konnte nur seinen Rücken sehen, sein Muskelspiel, die eigenwillige Verteilung seiner Haare zwischen den Schulterblättern, sein Profil, seine beginnende Glatze, seine Eigenart, zur selben Zeit zu brüllen wie der Fitnesstrainer.

Nach der Stunde wollte er mit ihr was trinken gehen, aber sie hat abgelehnt. Sie hatte Christopher im Visier. Einen tollen Belgier. Mit schreiend komischem Akzent und hellblauen Augen. Es gab drei Frauen, die versuchten, in den engen Kreis seiner Auserwählten vorzudringen. Die beiden anderen schienen ihr vernachlässigbar, aber man sollte sich vor selektiven Vorlieben hüten. Es hat sich herausgestellt, dass der gute Christopher Rundungen liebt, Frauen mit Kurven, und Lucie, die so kurvig ist wie ein Besenstiel, wurde ratzfatz aussortiert.

Englischen Vornamen kann man nicht trauen.

Eine Woche ist nicht lang. Zum Ende hin konnte sie spüren, wie es um sie herum abging. Jeden Abend bildeten sich neue Pärchen. Der große Yves tat sich mit der Marseillerin zusammen, versuchte sich dann mit Maryse aus dem Großraum Paris, die sich wiederum einen Umweg über Limoges gönnte. Der Typ aus Limoges hat sich übrigens an Lucie rangemacht, aber die Wege rund um Toulouse sind definitiv zu verschlungen. Keine Direktverbindung, die gibt es nicht. Man braucht Stunden, um ans Ziel zu kommen. Er hat sich schnell wieder abgekühlt und sich nach Südosten orientiert, wo die Mädels, wie man weiß, zugänglicher sind. Nicht dass sie auf diese Delphine aus Nizza herabschauen würde. Mit ihren Shorts, die kaum über den Po reichen, und der Glitzerschminke hat sie den Grund für ihre finanzielle Investition in diese »Single-Spezial-Reise Tunesien« sehr deutlich zur Schau gestellt. Beute machen und mit nach Hause nehmen. Sie hat eine extreme Toleranz an den Tag gelegt und sich von geografischen Entfernungen nicht abschrecken lassen, was Lucie voll und ganz unterstützt.

Mit der Zeit haben sich Pärchen gebildet. In den Ecken, hinter den Vorhängen im Prunksalon, auf den Hochstühlen der Bar im Zentralschwimmbad, auf den Liegestühlen am Pool, überall umschlangen und umarmten sie sich, brachen in lautes Gelächter aus. Die große Romanze für tausendfünfhundertzweiunddreißig Euro pro Teilnehmer.

Doch Vorsicht, nicht alle sind zur Party geladen.

Lucie zum Beispiel.

Ihr guter Wille lässt sich nicht leugnen. Nach Christopher hat sie mit Tommy geliebäugelt. Dem Bademeister. Einem der wenigen, deren Anwesenheit beruflich bedingt ist. Aussichtslos. Lucies Hang, immerzu nach den Sternen zu greifen und ihre herabschauende Ironie zu ertragen. Als Kind hat sie stundenlang unter den Hochsitzen der Rettungsschwimmer am Strand von Hossegor ausgeharrt. Den Kopf heben. Sabbern. Sie hat nur das Verhalten ihrer Kindheit wiederholt. Und Tommy hat ebenso kühl reagiert wie die Typen aus ihrer Kindheit. Als ihr dämmerte, dass sie Tommy abhaken konnte, war es Freitagabend. Ihr blieb nicht mehr viel Zeit.

Nachdem sich ein Teil der Feriengäste zurückgezogen hatte, um auf dem Zimmer weiterzumachen und überstürzte Bande zu knüpfen, waren in der Disco nicht mehr viele übrig. Die Discokugel erhellte ängstliche Gesichter in den Ecken, das vorbeihuschende Licht strahlte sie gnadenlos an. Der gute Fabien hielt ihr eine Piña colada hin, wie man einen ungeschliffenen Diamanten präsentiert, und fing an, sie einzuseifen, den Blick auf seine Armbanduhr geheftet. Sie bemühte sich, seinem Lächeln einen gewissen Charme abzugewinnen, und auch seinen tief liegenden haselnussbraunen Augen, doch er hob sie nicht recht aus den Socken.

Er schlug vor, ein wenig an die frische Luft zu gehen. Daraufhin schaltete sie ihr Gehirn aus und gab ein hübsches »*Why not?*« von sich, wie Adeline, die Englisch spricht, sobald sie etwas getrunken hat.

Der Strand bot sich an. Eine große dunkle Fläche, und der Mond begann mit seinen Kameradinnen, die neben ihm hingen, zu scherzen, und ihr Humor ging Lucie auf die Nerven. Das muss er gespürt haben, Fabien, daraufhin legte er nämlich seinen Pulli auf die Erde und bedeutete ihr ohne viel Aufhebens, dass sie sich neben ihn legen sollte.

Im Liegen betrachtet sie den Himmel und lässt zu, dass Fabien an ihren Fingern saugt, und er küsst sie, und seine Lippen schmecken nach Rum und Ananas. Der Rest ist Privatsache.

Als er schließlich aufsteht und sie allein am Strand zurücklässt, brüllt sie: Toll habt ihr das gemacht!, und zeigt dem Himmelsgewölbe eine rachsüchtige Faust. Und die Ironie der Sterne legt sich auf sie in Form von Schaumtröpfchen vom Meer, die der Wind eilig verscheucht.

21

Die Liebe, nicht-öffentliche Fortsetzung …

Vom Saugen an ihren Fingern ging er zum Saugen an ihrem Unterarm über. Er leckt sie. Nuckelt an ihr. Arbeitet sich bis zum Hals hoch, und seine Lippen folgen ihrer Nackenlinie, er nähert sich ihren Lippen, und sie weicht nicht zurück, dreht nicht den Kopf weg wie bei Romuald, nein, sie ist eisern. Als er sie küsst, ist sie überrascht. Sie hatte vergessen. Wie es ist. Jemanden an sich heranzulassen. In sich hinein. Nicht unangenehm. Überraschend. Zunge an Zunge, der Geschmack eines anderen, sein Atem.

Und sie ist erleichtert. Nichts ist beschädigt. Alles an ihr funktioniert normal. Die Maschine ist etwas rostig, läuft aber.

Er löst sich. Legt seine Hand auf Lucies Bauch, und sofort zieht sich alles in ihr zusammen, schnürt sich ihr die Kehle zu. Fast hört man ihren Kehlkopf klappern.

»Und?«

(Nein, denkt sie, Hilfe. Er erwartet einen Kommentar. Nein, keinen Kommentar, keine Note, keine Wertung, keine Vergleichsskala.)

»Was, und?«, fragt sie. (Sie klingt bestimmt stinkwütend. Pascal behauptet, sie sei der passiv-aggressive Typ mit Tendenz zu aggressiv-aggressiv.)

»Wie fühlst du dich?«

»Wie ich mich fühle?« (Sie weiß, dass sie seine Worte wiederholt, aber dieses Mal will sie keine Empathie auslösen.)

»Du warst nervös.«

»Nervös! Ich?«

»Ja.«

»Überhaupt nicht.«

»Ich schon. Ich war nervös.«

(Sie schweigt. Schweigen ist die beste Antwort.)

»Die Situation ist nicht so einfach.«

Sie reagiert, entzieht sich leicht, und er küsst sie, um sie zurückzuhalten. Sie lässt ihn gewähren und drückt sich an ihn. Seine Hand bewegt sich von Lucies Bauch zu ihrer Brust. Seit drei Jahren hängt ihre rechte Brust in der Luft. Seit drei Jahren ist sie nutzlos. Lucie spürt, wie sie wieder zum Leben erwacht. Dann schiebt Fabien seine Hand in Richtung linke Brust, um Gerechtigkeit herzustellen. Ihr schwirrt der Kopf, es ist verrückt, wie gut das tut. Sie hört seinen lauten Atem, und er stützt sich auf seinen Ellbogen, schwebt dann plötzlich über ihr. Er lastet schwer auf ihr, und sie findet es toll, wenn jemand schwer auf ihr lastet. Er erdrückt sie, stößt zu, es heißt nicht umsonst, jemanden bumsen, das ist nicht nur ein vulgärer Ausdruck. Türen werden aufgestoßen. Weit. Um einen Luftzug durchzulassen und männliche Geschlechtsteile, die sich ihren Platz in weiblichen Geschlechtsteilen suchen. Er verschlingt ihren Nacken. Sein Atem erfüllt ihre Ohren. Sie hört nur ihn, und seine Hand legt sich erneut auf ihren Bauch, und die Explosion sorgt dafür, dass sich ihre Zehen zusammenziehen. Er versucht, den Reißverschluss ihrer Jeans zu öffnen, sie hilft ihm, windet sich, damit die Hose nach unten rutscht. Weil der Sand so kalt ist, geht sie ins Hohlkreuz und prallt gegen den Mann, der ebenfalls seine Shorts heruntergelassen hat, und sie sieht seinen Penis, vom Mondlicht angestrahlt, und auch wenn es dumm und erschreckend ist, muss sie lachen. Nicht über ihn. Nicht über seinen Penis. Ein stattliches Teil. Sie lacht, weil er sie überrascht. Sie hat auch über Pascals Penis gelacht, der in ihr erstarb, am Ende des Aktes. Sie lacht über die Liebe, die nur eine Abfolge von Bewegungen ist und die man oft überschätzt. Sie lacht über die lachenden Sterne.

Fabien lässt sich nicht ablenken, er drückt sie nach unten und packt sie an den Schultern, und sie glaubt, dass er etwas sagt, aber er murmelt nur vor sich hin. Sie will, dass er kommt, näher, tiefer, und sie will weiterlachen, und als er in sie eindringt, tut es etwas weh.

»Au«, sagt sie.

»Au«, sagt er.

»Schon in Ordnung«, sagt sie.

»Ich mach weiter«, brummt er.

»Ja, nur zu.«

Er dringt etwas tiefer ein, ein paar mühsame Millimeter, und Lucies Lachen schwillt an, und sie würde am liebsten singen, jetzt, im Moment, aber er würde sie für verrückt halten, darum küsst sie ihn fest, bietet ihm ihren

Speichel, ihre Wangen. Ihre Muschi öffnet sich, und sie verschlingt den Mann mit einer Fleischeslust, von deren Heftigkeit sie nichts geahnt hat. Er bewegt sich. Sie legt ihm die Hände auf den Po. Er stößt zu. Sie stöhnt.

»Pst«, ermahnt er sie. »Die Bar ist nicht weit weg.«

»Mir scheißegal«, sagt sie.

Er stößt zu. Sie stöhnt noch einmal. Stöhnen ist wie Singen, nur ohne Töne.

Und dann, ohne Vorwarnung, zieht er ihn plötzlich raus. Tastet nach seiner Shorts und kramt in seinen Taschen. Auf Knien im Sand. Mit steifem Schwanz. Er sieht sie an. Ihr wunderbares Lachen verschwindet, erstirbt in der Natur. Sie sind nackt, am Strand, im April, und ihre blassen Körper sind nicht mehr interessant, und vor lauter Kälte klappern sie mit den Zähnen.

»Die Kondome sind in meiner Hose.«

(Schweigen ist – wie man heute weiß – der einzige Schutz, der beste, der sicherste. In den man sich flüchten kann in schweren Zeiten.)

»Und die liegt auf meinem Bett.«

(Schweigen.)

»Glaubst du, das ist eine Fehlleistung?«

(Schweigen.)

»Ich gehe sie holen. Wartest du so lange?«

(Schweigen.)

Er wird aufstehen, und sie wird nicht auf ihn warten. Sobald er vom Strand verschwunden ist, wird sie ihr Zimmer aufsuchen, sich bis zum nächsten Tag einschließen und ihm beim Frühstück aus dem Weg gehen, desgleichen auf dem Rückflug. Fabien, sein schwächlicher Oberkörper, seine kleinen Hände, seine glänzende Glatze. Die ganze Lust ist weg. Ihr Kopf sagt Ja, ihr Herz sagt Nein, und er ist nicht dumm, er hat in der Schule aufgepasst, also zieht er sich an und geht. Dreht sich nicht mehr um.

22

Die Liebe, die erste …

Und Pascal ist ein Geier. Das darf man nicht vergessen. Das sollte man sich klar vor Augen halten. In Stein meißeln. Ein Aasgeier. Ein widerwärtiges, ausgezehrtes Federvieh, das über seiner Beute kreist, dessen ausgebreitete Flügel ein leichtes Rauschen in der Luft verursachen. Er lauert auf ein Zeichen von Schwäche, ein Knie am Boden, eine offene Wunde, um sich darauf zu stürzen und mit der Beute in den Fängen davonzufliegen. Sie lebend zu verschlingen.

Lucie übertreibt.

Sie weiß, dass sie übertreibt, wenn es um Pascal geht, wenn sie ihn anderen gegenüber beschreibt. Sie ist so negativ, malt alles schwärzer, als es ist. Sie gibt sich böse, gehässig, innerlich verkohlt, einzig dafür da, ihre Niedertracht über diesen Mann zu ergießen. Der nur ein Mann ist, eine gewisse Menge Fleisch, dem Verfall, dem Verschwinden, dem Begräbnis geweiht.

Doch schon steigen die Erinnerungen in ihr hoch. Sie sitzt ihm gegenüber an dem kleinen Bodega-Tisch. Hat das Gefühl, wichtig zu sein, das Zentrum der Aufmerksamkeit eines Mannes. Pascals Füße berühren ihre, die Distanz schwindet. Sie lässt eine Invasion in ihren Lebensraum zu. Sie hat keine Ahnung, was für ein Leben auf sie beide wartet. Eine Häufung von Vorwürfen. Eine sukzessive Verschlechterung, die ihrer Geschichte die Substanz entzieht. Kein Mensch kann den Schimmelbefall vorhersehen, der die Liebe erfasst; kein Mensch kann die Rostflecken vorhersehen, die ihren Rumpf angreifen. Kein Mensch, und schon gar nicht sie selbst. Was für ein Gänschen.

Sie lächelt dümmlich. Dümmlich, ja, dümmlich. Bereit, sich pflücken zu lassen, reif für die Ernte. Eine Heldin aus Pappmaschee.

Kürzlich hat er sie eingeladen. Mit ihm auszugehen. Ein Tête-à-Tête. Der Zettel steckte zwischen den Speichen ihres Fahrrads, das vor der Uni stand. Ein herrlicher Text, wunderbar formuliert. Der schöne Stil eines noch jungen Dichters, der nach den Rosen des Lebens trachtet. Sie war hin und weg. Ein schön klingendes Kompliment, schon schmolz sie dahin.

Der enge Saal riecht nach Frittiertem, nach in Knoblauch eingelegten Garnelen, Fleischklößen, Pan con tomate, Chorizo. Ganz Spanien findet sich als Kondensat in der Karte, die der Restaurantbesitzer ihnen reicht. Pascal spricht mit ihm, und sie versteht kein Wort dieser barbarischen Sprache, die ihre Konsonanten schrappt, wie wenn man Käse reibt, um sie in kehlige Fasern aufzudröseln. Dass sie nichts versteht, stört sie nicht. Am liebsten würde man sie am Kragen packen und ihre Nase in dieses Nicht-Verstehen drücken, so wie man einem Hund die Schnauze in die Pisse drückt, damit er es nicht noch einmal macht.

Er will sie beeindrucken, dieser Pascal, mit dem sie sich

schon ein paarmal getroffen hat, der sie anbaggert und ihr schmeichelt, der Lambada tanzen, eine Bierflasche mit einem Feuerzeug aufmachen und die *Marseillaise* auf Katalanisch singen kann. Das ist in etwa alles, was sie über ihn weiß. Er will ihr imponieren mit seiner Gewandtheit und seinem Verführungsgeschick, das sogar bei tätowierten andalusischen Schnurrbartträgern wie dem Wirt verfängt, den er unter Aufbietung eines südwestlichen Akzents zu duzen scheint. Heute weiß sie Bescheid. Mit dem heutigen Abstand bewertet sie sein Mundwerk, seine Politikerklappe eher kühl. Die Gewandtheit eines Diplomaten. Vor fünfzehn Jahren schaffte er es locker, sie um den Finger zu wickeln. Sie bewundert ihn.

Das ist ihr Untergang.

Dieser Hang zur Bewunderung. Ihr siebter Sinn.

Nach dem Essen steuern sie Pascals Einzimmerapartment an. Die Geschichte ist vorgezeichnet.

Wenige Schritte entfernt fließt die Garonne, niedrig, fast träge, im Sommermodus, ein gurgelndes Grollen, sie nimmt alles mit, Äste aus den Bergen, die durch das ganze Land reisen, und die wenigen Kieselsteine, die die Kiesgruben flussaufwärts abgegeben haben. Ein warmer Wind wirbelt ihre Haare auf, und sie sehnt sich nach dem Kuss, der kommen wird. Er wird sie küssen und dabei die Hand auf ihren Rücken legen.

Sie an sich ziehen, und diese Geste ist die Geste eines Siegers.

Ihre Liste an ersten Küssen ist nicht sehr lang. Sie ist überrascht, verwundert, leicht zu erobern. Wenn Verführung eine Kriegskunst ist, streckt sie die Waffen, sobald der Angriff erfolgt. Ohne dass der Aufruf zur Generalmobilmachung schon Wirkung zeigt.

Heute befragt Lucie Adeline. Sie will wissen, ob die Freundin in ihrem Leben viele Männer geliebt hat, und die Freundin antwortet wohlwollend, heuchlerisch, dass die Menge nicht entscheidend ist.

Dabei, fragt sie weiter, lernt man die Liebe doch durch Lieben, und ich habe darin keine allzu große Erfahrung, und eines Tages werde ich sterben, und man wird meine Liebhaber locker an den zehn Fingern meiner Hände abzählen können.

Als hätte mir das Leben nichts gebracht.

Sie mag sich dessen nicht bewusst gewesen sein, an diesem unglaublichen Sommerabend vor dem *Le Gibraltar*, in perfekter Harmonie mit dem Fluss, der durch die Stadt strömt. Sie küsst ihn, ihren Pascal, weil sie Angst hat. Niemals zu lieben. Allein zu bleiben. Alt, müde, am Boden zerstört zu enden. Von Kummer und Schmerz zerfressen.

Er ist bestimmt die Lösung.

Er ergreift Lucies Hand.

Plötzlich stehen wir vor diesem Pärchen an der Straßenecke. Aufgebracht, keuchend, schreiend. Verrückte, die aus der Zukunft kommen. Wir reißen sie aus seinen Armen und brüllen: Lauf, Mädchen, lauf, dreh dich nicht um und triff alle Männer, die du nur treffen kannst, und geh mit ihnen ins Bett und liebe sie bis zum Gehtnichtmehr. Liebe sie, bis die Welt explodiert und dich kalt, blutleer und erschöpft zurücklässt. Liebe sie, und wende dich von ihnen ab, denn die Liebe ist Augenwischerei. Die Liebe ist ein Albtraum. Die Liebe ist ein Monster.

23

Die Liebe, die Tiere und die Pflanzen …

Mit ihren flehenden, krummen Ästen grapschen die Grünpflanzen im Mittelgang nach den Kunden. Sie beugen sich zu den Leuten vor, berühren sie und versuchen, Arme und Blicke einzufangen, indem sie die ganze Pracht ihres jämmerlichen Grüns aufbieten, das in der Neonbeleuchtung mitleiderregend wirkt. Blumen sind schillernde Nutten, die um den gleichgültigen Passanten werben.

Lucie kann fast jede dieser Pflanzen verstehen, fast hört sie deren Klage, den stummen Hilfeschrei, den Hunger nach Aufmerksamkeit. Der zerschlissene Teppichboden lässt Rückschlüsse darauf zu, wie viele Männer diesen Gang durchmessen haben, ohne die unglücklichen Thujen, Yuccas, Fici oder Philodendren eines Blickes zu würdigen, ihnen Aufmerksamkeit zu schenken.

Sie verkümmern, diese Pflanzen. Mit Dünger führt man sie an der Nase herum, hält die Lüge ihres zeitlich begrenzten Überlebens aufrecht. Sie verlieren nicht die Farbe. Sie überleben, aber das ist ein Wunder, und sie sind ja nicht blöd. Sie dürsten nach Liebe und nicht nach dem *Pschitt* des Angestellten, der sie besprüht, damit sie glänzen. Die Tröpfchen fallen herab und verlieren sich in den Rillen der Blätter oder perlen wie trauriger Tau, aber die Pflanzen hier sind nicht mehr frisch. Nicht mehr naiv. Ernüchtert werden sie im Topf verkauft.

Es sind Lucies Schwestern.

Hinten im Laden befindet sich die Zoohandlung, und Lucie versucht, ihr eigentliches Ziel nicht aus den Augen zu verlieren, als da wäre, den Erwerb eines Aquariums mit einem Fisch darin. Ein leises Tier, das im Kreis schwimmt und sie ignoriert, und diese herrliche Gleichgültigkeit wäre das Ende ihrer Einsamkeit. Es ist eine Entscheidung, eine große Veränderung im Leben, sich einen Gefährten zuzulegen, treu und zuverlässig. Ihrer wird sie empfangen, wie es sich gehört, ohne einen nennenswerten Unterschied zwischen ihrer An- und Abwesenheit zu machen.

Eine Katze, nur autonomer.

Eine Katze, nur gleichgültiger.

Eine Katze, nur kälter.

Katzen sind unabhängig, das ist bekannt. Der Goldfisch ist der Inbegriff einer Katze. Und sie überrascht sich dabei, wie sie dem Verkäufer diesen Satz serviert, diesem freundlichen und zuvorkommenden Mann, dessen rechtes Auge einen Tick hat und der sie bestmöglich beraten möchte. Er hat die Hand in der Hüfte und trippelt ein wenig auf der Stelle, aber das ist eher angenehm, die ganze Mühe, die er sich gibt, um zu verstehen, was sie sucht.

Ohne Vorwarnung sagt sie zu ihm, der Goldfisch sei der Inbegriff einer Katze, das Wesen des Katzenhaften schlechthin. Der Mann reagiert nicht, lächelt nicht, er nickt zustimmend, als hätte sie eine höhere Wahrheit ausgesprochen. Verrückte Weiber, die sich ein Haustier anschaffen, hat er sicher schon zuhauf erlebt. Er ist bestimmt daran gewöhnt, mit Extremsituationen dieser Art umzugehen. Wie viele Singles gibt es wohl, die ein Tier suchen, das ihr kleines Territorium bevölkert und ihnen weismacht, die Erde sei keine triste Landschaft, platt und leer?

Er nickt kaum merklich, und sie führt ihre Theorie weiter aus. Viele Frauen stürzen sich auf Katzen, wenn sie allein sind. Auf Männchen wie auf Weibchen. Wodurch Adeline elegant den Bogen schlägt zu »meiner hübschen Muschi«. Mit einem Mischa funktioniert das nicht so gut.

Ich habe einen herrlichen Kater. Das kommt dabei raus.

Bei Muschi lachen alle. Alle assoziieren Adelines Katze mit ihrer Muschi, ganz klar, offensichtlicher geht es nicht – eine Demonstration ihrer Weiblichkeit. Als würde sie behaupten, sie sei noch sexuell aktiv, weil ihre Muschi sich gern in die Streu legt, weil ihre Muschi gut riecht oder ein sehr schönes Fell hat und dass ihre Muschi die Nacht draußen verbracht hat, sich mit allen Mischas der Umgebung herumgetrieben hat.

Aber Lucie will keine Katze. Auch keinen Kater. Keine vermeintliche Freundschaft, dieses Alibi, das einem dazu dient, alle Aktivitäten einzustellen.

Er lacht nicht, der Mann, und auf seinem Schildchen steht *Bertrand*. Diese Schildchen sind etwas Praktisches, findet sie und fragt ihn: »Und Sie, Bertrand, was denken Sie über Katzen?«

Die Frage ist ernst gemeint. Vielleicht teilt er ihre Theorie. Dass diese Viecher dazu da sind, dass man sich noch lebendig fühlt. Dass die Verantwortung, die man für seine Katze hat, einen menschlicher macht. Da verwundert es nicht, dass Katzen die Söhne der Götter sind. Das haben die Ägypter schon vor uns begriffen.

Die Zuckungen seines Lids sind ein freundliches Augenzwinkern, und nein, sie gibt sich nicht mit jedem zufrieden, nein, so verzweifelt ist sie nicht, er ist faszinierend, dieser Bertrand, wenn er über die unterschiedlichen Katzentypen spricht. Sie sind nicht alle gleich. Sie haben ihren Charakter, und ja, natürlich, sie schaut sich gern ein paar Katzen an. Man weiß ja nie, vielleicht gibt es sie ja, die Liebe auf den ersten Blick …

Er führt sie in eine andere Abteilung und zeigt dort auf den großen Käfig voller Kätzchen. Winzig kleine, süße, mit großen entzückenden Augen, mit Pfoten, die zu groß sind für ihren kleinen Körper, mit niedlichen Gesichtchen. Der Vergleich mit den angrenzenden Pflanzen ist nicht fair.

In seinen großen Männerhänden, die den Umgang mit zarten Geschöpfen gewohnt sind, wirkt das kleine schwarze Kätzchen, das er gepackt hat, glücklich, und er hält es ihr hin, damit sie es in die Hand nimmt. Das Kätzchen ist etwas unruhig, drückt sich an sie, findet seinen idealen Platz, rollt sich an ihrer Brust zusammen, entspannt sich.

Fühlt sich sicher.

Bertrand lächelt und seine Augen ermuntern sie, sich erweichen zu lassen, und sie könnte ihn bitten, mit ihr zu verschwinden und etwas trinken zu gehen. Dieses gigantische Treibhaus zu verlassen, das herrenlosen Geschöpfen eine Bleibe bietet. Ein Ort zärtlichen Elends. Ermutigt vom Miauen des schwarzen Kätzchens wird sie sich trauen, ihm eine Liebeserklärung zu machen. Er streichelt Frauen bestimmt genauso liebevoll, wie er Tiere hält, dieser Mann. Entschlossen und zärtlich. Bertrands Liebkosungen wären eine Atempause in ihrem Leben, und sie vergisst seinen Tick, sie vergisst das Kätzchen, und als er sie darauf aufmerksam macht, dass es ein Weibchen ist, lässt sie das Tier los, lässt es zu Boden fallen, woraufhin es jämmerlich miaut.

Keine Muschi, bloß keine Muschi!

Sie verlässt den Gang, die Risikozone, um zu den Pflanzen zu eilen, die kein Geschlecht haben.

24

Die Liebe und noch einmal Romuald …

Er sagt: »Ich kann nicht mehr, ich laufe, ich atme, ich rede, ich bewege mich, ich wirke normal, aber ich bin wie ein leerer Sack, ein Geist, eine Stichstraße. Eine Sackgasse. Eine Einbahnstraße. Ein Haufen Scheiße. Verstehst du?«

Sie sagt: »Ja, ich verstehe, und wie ich verstehe.« Er hört ihre Antwort nicht, aber das ist normal. Sie regt sich nicht auf, ärgert sich nicht, reagiert nicht mit überdimensioniertem Ego, mit dem erzürnten Ton einer Ignorierten. Einer Frau, die als Auffangbecken dient.

Er sagt: »Schlafen ist Abtauchen, der Hölle entkommen, und ich warte den ganzen Tag auf diesen Moment. Mein Schlafzimmer, mein Bett, die vier Wände, die mich umgeben. Die mich umschließen. Ich sehne mich nach der Nacht, warte auf sie, hoffe auf sie, ich lebe nur für die dunklen Stunden, in denen ich abstumpfen kann und meinen Atem nicht mehr höre. Mein Atem ist laut, mein Atem stört mich, weckt mich, wenn ich endlich eingeschlafen bin. Ich schlafe nicht mehr, verstehst du, ich schrecke aus dem Schlaf hoch, kaum dass ich weggenickt bin, schuld ist der Lärm meiner Lungen, also versuche ich, nicht mehr zu atmen. Nicht mehr zu atmen. Meinen Atem anzuhalten. Den Drang der Organe, sich zusammenzuziehen, anzuhalten, aber ich schaffe es nicht. Mein Körper ist stärker als ich, er beherrscht mich, er erdrückt mich, und meine Rippen verengen sich, drücken mein Herz zusammen, meine Milz, und die Galle steigt mir in die Kehle. Ich kotze mich ständig voll, ersticke fast an meinem Schleim und an meinen gebeutelten, zugeschnürten und verkrampften Gedärmen.«

Sie sagt: »Das ist normal. Eine Etappe, ein Stadium, ein Schritt in dem ganzen Prozess. Mach dich nicht verrückt.«

Er sagt: »Ich brauche sie. Sie ist wie eine Droge. Eine abscheuliche Sucht, die mich vergiftet, und ich krümme mich. Der Schmerz, verstehst du, der Schmerz ist derselbe wie bei einem Entzug, bei einer Abhängigkeit. Ich fühle Schmerzen.«

Lucie sagt nichts. Sie seufzt nur.

Er interpretiert ihr Seufzen und sagt: »Jammerlappen, das denkst du doch über mich. Du verachtest mich.«

Sie sagt: »Ich verachte niemanden.«

Aber er ignoriert ihre Antworten und ruft sie sogar während des Unterrichts an, während der Übungen zum Dividieren, und sie muss auf den Flur gehen. Hält die Hand vor den Mund, damit niemand sie hört, schon gar nicht die Schüler.

»Pst«, sagt sie, »Unsinn, ich verachte niemanden!«, aber er ist jetzt richtig in Fahrt, und nichts hält ihn mehr auf, kein Hindernis auf seinem Weg. Er lässt jede Menge

Banalitäten vom Stapel, Gemeinplätze, Sprüche, die Milliarden von Milliarden Menschen vor ihm von sich gegeben haben. Er spricht sie mit einem Nachdruck, einer Leidenschaft aus, als wäre er der Erste, der Entdecker, der das Neuland der zerbrochenen Liebe betritt. Der Liebesuntergangs-Prophet, der die Endzeit der Gefühle offenbart.

Sie könnte zu ihm sagen: Der wahre Schmerz ist ganz anders. Er tut richtig weh und tötet. Er ist diffus, er schleicht sich zwischen die Wörter, und ihn in Worte fassen zu wollen bringt überhaupt nichts. Der wahre Schmerz am Ende einer Liebe lässt die Menschen verstummen. Du machst zu viel Lärm, Romuald, wühlst zu viel Schlamm auf. Du klingst eher nach Kino, nach Theater. Du regst dich auf, du gestikulierst, aber das ist nichts verglichen mit den Jahren des Schweigens, die auf dich zukommen, die sich summieren und deine Freude trüben. Ich kenne ihn, den wahren Schmerz, ich sehe ihn ständig, zähme ihn. Er ist mein Freund.

Er wird es nicht verstehen. Er wird nicht zuhören. Er ist noch nicht so weit. Also sagt sie: »Nein, Romuald, nein«, nimmt einen vorsichtigen, gelehrigen Ton an.

Er sagt: »Ich will nur noch sterben.«

Sie sagt: »Quatsch.«

Er sagt: »Doch, doch, das will ich. Tabletten schlucken, mich von einer Brücke stürzen, mich erhängen, mir mit einem Cutter die Pulsadern aufschneiden, mir an einem Toaster einen elektrischen Schlag holen, mir ein Messer ins Herz rammen, mich vor Adelines Wohnungstür legen und das Blut aus mir herauslaufen lassen.«

Sie lacht.

Er auch. Das rettet ihn.

Bis zum nächsten Mal. Das Prinzip Liebeskummer ist eine Spirale. Eine unvermeidliche Talfahrt.

Am späten Abend, nach Mitternacht, nachdem sie endlich eingeschlafen ist und er sie weckt, sagt er, ohne sich zu entschuldigen: »Ich könnte mich ihr zu Füßen legen und sie anflehen, mich zurückzunehmen!«, und Lucie antwortet: »Du wirst an der Wand nur der Schatten ihres Schattens sein, der Schatten ihrer Hand, der Schatten ihres Hundes.«

»Ja«, sagt er, ohne das Brel-Zitat zu erkennen. Ein Schatten ihres Hundes, und am liebsten würde sie sagen, ein Schatten ihrer Muschi, aber das wäre jetzt fehl am Platze. Eine ganze Stunde lang widmet er sich seiner Geschichte und seinem Verlassenheitsgefühl. Er wühlt in seiner Kindheit, seiner Jugend, der Beziehung zu seiner Mutter, um den Ursprung der Komplexität menschlicher Beziehungen zu erklären. Den sentimentalen Nebel zu kartografieren, in dem er herumirrt.

In der Mittagspause, sie hat das Handy zwischen Wange und Schulter geklemmt, sitzt vor ihrem Tablett in der Kantine, vor den weichen Pommes und dem etwas zu durchgebratenen Hacksteak, da serviert er ihr das hier: »Eine Liebe beenden ist wie aus der Welt fallen.« Sie macht sich Vorwürfe, weil sie ihn nervig findet. Sie macht sich Vorwürfe, weil sie ihn anstrengend findet, weil sie sich an das Ende ihrer eigenen Liebe erinnert, und sie macht sich Vorwürfe, weil sie ihn reden lässt, bis es klingelt, bis sich die Schüler in Zweierreihen im Hof aufstellen und ihr Schokopudding in seinem Plastikschälchen verendet, dabei ist es ihr Lieblingsdessert.

Als sie sich zu Fuß auf den Heimweg macht und die kalte Luft sie schlottern lässt, erzählt er ihr, dass die Angst wie eine Springflut über ihn hinwegschwappt, sobald er an Adeline denkt. Adeline, die ihn ausradiert hat, entwertet, abgewiesen. Ihn zu Staub reduziert hat, zu kalter Asche.

Sie sagt zu ihm: »Die Männer sind alle wie du. Sie klagen. Sie glauben zu leiden. Aber das Ende einer Liebesbeziehung ist nur ein Vorwand, um zu lamentieren. Man glaubt, einen anderen Menschen zu lieben, aber das stimmt nicht. Man liebt nur sich selbst in einem Delirium vergeblicher Worte. Das Ende einer Liebe heißt begreifen, dass kein Mensch einen anderen Menschen lieben kann, niemals, in keinem Kontinuum, keiner Galaxie. Das Ganze ist ein großer Schwindel, ein Bluff, den man sich ausgedacht hat, um uns arme inkonsequente Kreaturen zu täuschen.«

Er sagt: »Du glaubst an gar nichts mehr, Lucie.«

Sie drückt ihn weg und schaltet ihr Handy aus, weigert sich, seine Nachrichten zu lesen, denn es stimmt, sie ist knallhart, zynisch, kalt und egoistisch. Und sie glaubt an nichts mehr.

25

Die Liebe und der virtuelle Raum …

Das Internet könnte helfen.

Das Internet und seine Milliarden Verbindungen pro Sekunde. Das Internet, der Strudel menschlicher Beziehungen.

Sie widersteht ihm so lange wie möglich. Monatelang schaltet sie ihren Rechner aus, nachdem sie die Arbeit daran beendet hat. Sie weigert sich, der Versuchung nachzugeben, aber aufgrund der Werbung, die permanent über den Fernseher läuft, und der fixen Idee, dass man die Liebe durchaus finden kann, wirft sie ihre Überzeugungen über Bord.

Die wenigen Überzeugungen, die ihr noch geblieben sind.

Und außerdem hat ihr die Nachbarin von gegenüber, eine Vogelscheuche von fünfzig Jahren, mit der sie im Treppenhaus mittlerweile Belanglosigkeiten austauscht und sich auch das eine oder andere anvertraut, gestanden, dass sie seit ein paar Monaten einen neuen Bekannten hat, dank Internet. Einen sympathischen Mann, gut aussehend, angenehm, einen Genießer, der dieselben Filme mag wie sie und mit ihr ins Theater geht, um sich Lustspiele anzuschauen. Das gefällt ihr an ihm am besten. Dass er sie ausführt. Jahrelang hat sie sich in ihrer Wohnung verschanzt, die die symmetrische Spiegelung von Lucies ist. Annelyse heißt die Nachbarin. Eine dicke Brünette mit faulen Zähnen. Sie wird später noch einmal eine Rolle spielen, auch wenn sie zunächst gar nicht so wichtig zu sein scheint.

»Doch, ganz sicher, mit dem Internet kann man sie finden, die große Liebe!«, hat sie in ihrem rosa Kleid deklamiert, das um die wulstige Taille herum etwas zu eng ist.

Lucie hat sich einen Kommentar verkniffen und ihre Nachbarin um die funkelnden Augen und die neue Lebensfreude beneidet, die ihr Doppelkinn zum Zittern brachte.

Das Anmeldeverfahren ist relativ simpel. Man kreuzt eine Reihe Kästchen an, denkt sich ein Pseudonym aus. Und füllt ein paar Felder mit vorgegebenen Sätzen aus. Als würde Lucie vorgegebenen Sätzen entsprechen! Und sie hat sich ganz allein vor ihrem Computer echauffiert und ihn wüst beschimpft.

Aber einmal adoptiert, hat sie sich in den Pfuhl der Großfamilie gestürzt. Ungeduldig. Und doch aufgeregt. Wie ein kleines Mädchen, das man in der Spielzeugabteilung eines Kaufhauses aussetzt und das weiß, dass es bloß genarrt wird. Aber man muss zugeben, dass die Fotos, die an ihr vorbeidefilierten, total irre waren.

Ungezählte Möglichkeiten. Doch sehr bald wurde sie von der Realität eingeholt. Man muss sich die Flora und Fauna dieses Mikrokosmos nur mal anschauen.

Die Großaufnahmen sind besonders schrecklich. Rechteckige Passfotos, auf die Schnelle eingescannt. Spontane Aufnahmen, die nicht ganz im Rahmen sitzen. Versuche der Bildbearbeitung. Der Männerkopf ohne was drum rum, nur das Gesicht, die Visage, die Fresse, die Fratze, die Nase, die Augen, ohne Filter, ohne Winkel. Einfarbiger Hintergrund, grau. Ein Möbelstück, ein Gemälde, ein Filmplakat, ein geschlossenes Fenster, ein Türrahmen. Ein geblümter Duschvorhang. Eine geschlossene, erdrückende Welt. Keinerlei Ästhetik. Überflüssige Farben. Die radikale Entscheidung, bei der Wahrheit zu bleiben. Was den Vorteil hat, dass man weiß, was man kriegt.

Manche lächeln.

Andere sind ganz steif, können ihre Schüchternheit nicht verbergen, die allen Anstrengungen zum Trotz durchscheint. Die meisten sind schüchtern, aufmerksam und zuverlässig. Das steht in der Beschreibung unter dem Foto. Eine Abfolge präziser Adjektive.

Zurückhaltend. Witzig, gesellig.

Porträts, die mit der Computerkamera aufgenommen wurden, sind am schlimmsten. Die Nase nimmt den größten Raum ein. Das gequälte Grinsen desjenigen, der sich selbst fotografiert, weil es niemanden in seinem Leben gibt, der ihn jetzt knipsen könnte, ist das offenkundigste Eingeständnis der Einsamkeit.

Profilfotos. Bilder im Dreiviertelprofil. Männer, die das Face-to-Face fürchten. Sie zeigen nur eine Facette von sich, geben einen kurzen Einblick und glauben, dass sich die Frauen auf ein menschliches Fitzelchen stürzen.

Die Halbtotale. Mit einem Auto, einem Fahrrad, einem Motorrad. Objekte, die anmachen sollen. Das Foto, das man bei Kontaktbörsen einstellt, soll ja einen Zweck erfüllen. Neugier wecken, Lust erzeugen, Sehnsucht auslösen. Also zeigen sie ihren Boliden, ihre Leidenschaft, ihren Sport. Multiplizieren die Möglichkeiten, da Worte nicht ausreichen und nur das Bild zählt. Nur das Bild zieht die Aufmerksamkeit auf sich.

Manche posieren mit ihren Tieren. Meistens Hunde. Ein paar Katzen und ein Kaninchen. Eine Schildkröte. Einer posiert mit einem ausgestopften Bären im Hintergrund. Ein scheußliches Vieh, das seine Tatzen nach ihm ausstreckt, mit aufgerissenem Maul, spitzen Zähnen, als wollte es ihn verschlingen, und der Mann daneben ist ein Zwerg, winzig, ein kleiner Leckerbissen für das Monster, und sein Spitzname lautet TeddyH12. Aus dem Departement Gers. Drei Kinder aus einer früheren Ehe. Nichtraucher. Begeisterter Kinogänger. Sportliche Figur.

Ein dicker Glatzkopf, der auf Rap steht, hat sich eine Python um den Hals gelegt.

Ein anderer sitzt auf einem Kamel und starrt auf den Horizont, wie Lawrence von Arabien, nur dass er eine Brille trägt und Tennissocken.

Einer berührt einen Elefanten, einer umarmt eine Giraffe, einer besteigt ein Pferd am Strand bei untergehender Sonne und verkauft Träume. Einer hat einen Adler, der sich an seinen Arm klammert, und seinem Gesichtsausdruck kann man entnehmen, dass ihm der Raubvogel Angst einjagt. Lucie schickt ihm eine nette Nachricht, ändere dein Profilfoto, so machst du niemanden an, und schon löscht er sie aus seinen Kontakten, mit einem kleinen Klick.

Gestalten in großer Entfernung. Künstlerische Unschärfen, Aufnahmen im Paparazzi-Stil. JeanJacQUES stützt den Turm von Pisa und sieht aus wie ein Eichhörnchen.

Pinkh zeigt sich von hinten, tanzt Salsa und sucht eine Gefährtin fürs Lebensende, mit der er die Milchstraße bestaunen kann.

Elpeh_55 mag den Morgen nicht, weil er allein in seinem Bett erwacht.

Tangoblut macht seine Entdeckungen lieber ohne virtuellen Filter, er ist nämlich der taktile Typ, und gerne auch mehr.

Sie gesellt sich zu dem Rudel und wählt ihr Foto mit Bedacht. Ihre Wirkung, ihr Lächeln, ihre Haltung, ihren Bildhintergrund, und sie macht klick. Schickt es ab. Sie wartet. Loggt sich ein. Schaut oft hinein. Um zu sehen, wer auf ihrer Seite war. Wer ihr geschrieben hat. Wer auf sie abfährt. Wer um sie herumscharwenzelt und ihre Seite frequentiert, ohne sich zu erkennen zu geben, und Annelyse wiederholt noch einmal: »Man kann, wenn man will, mit etwas Glück und Ausdauer im Internet die große Liebe finden.«

26

Die Liebe, Worte, nichts als Worte …

JoeLeTaxi: Hallo Lulu31. Dein Profil ist bezaubernd. Du wirkst wie eine zarte Blume, die man beschützen möchte.

Edmondrostand: Ich will auf keinen Fall den billigen Verführer geben, aber es gibt Wahrheiten, die es verdienen, laut und deutlich ausgesprochen zu werden. Du siehst aus wie die Frau, in die ich mich verlieben werde. Sollten wir diesen Gedanken nicht gemeinsam vertiefen? Was meinst du?

JoeLeTaxi: Das ist doch keine Aneinanderreihung von Klischees! Ich denke das wirklich, die Sache mit der zarten Blume. Genau das suche ich bei einer Frau. Das Zerbrechliche. Ich könnte dich beschützen. Ich habe breite Schultern. Männer wie ich werden nicht mehr hergestellt. Die Form ist verloren gegangen.

Stephannia: Ich komme gerade aus der Dusche, werfe einen kurzen Blick ins Netz und finde dich. Willst du mir antworten? Schau dir mein Foto an.

JoeLeTaxi: Die Backform, nicht die Fitness. Und du hast recht, die Frauen von heute sind stark, sie haben breite Schultern, manchmal breitere als die Männer. Aber sie halsen sich zu viel auf. Wenn ich liebe, bin ich ein Bollwerk, ein Sockel, ein Wehr, eine Festung. Ich fülle die Männerrolle voll aus!

Edmondrostand: Vertiefen. Du hast die sexuelle Anspielung doch verstanden, oder?

Stephannia: Du antwortest nicht?

Edmondrostand: Sich besser kennenlernen ... Aber glaubst du, dass man sich wirklich kennen kann? Wörter sind leere Hülsen. Was hier geschrieben wird, ist nichts, sind verirrte Töne in der Vorhölle des Netzes. Das alles ist nichts gegen meine Hände auf dir, meinen Mund auf deinen Brüsten, so vertiefen wir unsere gegenseitige Bekanntschaft. Wir sollten uns treffen, das virtuelle Stadium hinter uns lassen.

Hernandez-aus-dem-13.: Redest du nur oder gehst du auch weiter?

JoeLeTaxi: Man weist uns Männern Rollen zu, Männlichkeit und all so was, gleichzeitig sollen wir sensibel sein und offen für Gespräche. Man will beides haben, auf allen Hochzeiten tanzen. Ich bin ganz offen. In mir kannst du lesen wie in einem aufgeschlagenen Buch. Ich gelte als sympathisch, und ich will ja nicht angeben, aber ich zeige große Aufmerksamkeit für den Menschen, den ich liebe. Und noch einmal: Nein, das sind keine Klischees!

Hernandez-aus-dem-13.: Weil ich bei dir in der Gegend zu tun habe und heute Abend gern was Nettes unternehmen würde, stoße ich zufällig auf dein Profil, und ganz im Ernst, du sprichst mich total an. Wir könnten einen tollen Abend erleben, du und ich.

Liverpool103: Sorry, ich war gestern nicht eingeloggt. Konnte dir nicht antworten. Ja, ich war aus. Mit Freunden. Hab versucht, dich zu finden. Du warst nicht da. Die Nacht war tiefschwarz. Bin spät heimgekommen. Geht's dir gut?

Edmondrostand: Herumphilosophieren? Du bist ja ganz schön unverfroren. Ich versuche nur, das Niveau anzuheben. Wäre es dir vielleicht lieber, wir würden uns hundert Jahre lang schreiben und aus *dem* Stadium nicht herauskommen, uns hinter unseren Monitoren unserer Fantasie hingeben, uns ganz jämmerlich selbst berühren? Der Frau seines Lebens bietet man keinen armseligen Chat, man schenkt ihr seinen Körper, seine Seele. Legt ihr sein Schicksal zu Füßen.

JoeLeTaxi: Okay, du suchst das Haar in der Suppe. Mein Satz ist vielleicht nicht wohlformuliert, aber er sagt genau das, was ich meine. Ich kann aufmerksam und zuvorkommend sein. Und nett.

Liverpool103: Ja, ich hab mein Profilfoto geändert. Mir die Haare geschnitten. Gefällt es dir?

BorisJelzin: Hallo Lulu31, wir haben viele Gemeinsamkeiten. Wenn du wissen willst, welche, schick mir eine kurze Nachricht, und ich bin dir zu Diensten.

JoeLeTaxi: Nein, ich arbeite nicht in der Werbebranche.

Stephannia: Jedenfalls wirkst du auf deinem Foto total verklemmt.

Liverpool103: Nein, den Film hab ich nicht gesehen, zu viel Arbeit. Hier ist gerade Land unter, aber ich hab an dich gedacht, als ich am Kino vorbeigekommen bin, und überlegt, Lulu ist da vielleicht jetzt drin, und das war so irre, dich so nah und doch so weit weg zu wissen. Wir werden es doch noch schaffen, gemeinsam etwas auf die Beine zu stellen. Und ich würde gern deine Stimme hören. Ich bin sicher, du hast eine schöne Stimme. Leicht heiser. Du gehst nicht ans Telefon? Warum nicht?

JoeLeTaxi: Oho, die Kleine ist aber schnell eingeschnappt! Geht sofort zum Angriff über. Dein Pseudonym könnte auch Judo lauten. Oder Karate.

JoeLeTaxi: War ein Scherz.

Edmondrostand: Die virtuelle Welt ist der Tod. Du glaubst, mittendrin zu sein, aber sie ist ein Gefängnis. Du hältst sie für ein Kommunikationsmittel, aber man ist darin eingesperrt, in die schriftliche Masturbation. Ich biete dir einen Notausgang an.

Liverpool103: *Meine* Stimme? Meine Stimme ist ganz normal. Durchschnitt. Mit Dax-Akzent, ich komme aus Dax. Mit fünf hab ich angeblich gelispelt. Jetzt nicht mehr.

JoeLeTaxi: Du schreibst gar nicht mehr. Willst du mich rauskicken? Kick mich nicht raus. Ich hab es satt, rausgekickt zu werden.

Liverpool103: Ja, Telefonieren ist immer unangenehm. Ich weiß auch nie, was ich sagen soll, wenn jemand anruft und ich Worte von mir geben muss, die etwas aussagen sollen. Wir sind uns sehr ähnlich. Wie lautet dein Vorname?

Edmondrostand: Ich erinnere dich an deinen Ex? Wie ist das zu verstehen? Nicht positiv, nehme ich an …

Edmondrostand: Nein, ich bin kein Lehrer.

Edmondrostand: Vertreter für Mund- und Zahnpflegeprodukte.

Liverpool103: Dann lassen wir doch den Zufall entscheiden. Stell dir vor, ich komme von der Arbeit und laufe los. Meistens mit gesenktem Kopf. Oft checke ich die Nachrichten auf meinem iPhone, sehe aus wie ein Krebs. Du kommst mir auf dem Bürgersteig entgegen, und ich stoße mit dir zusammen, unbeabsichtigt. Wir erkennen uns auf der Stelle. Liebe auf den ersten Blick. Wir brauchen keine Worte. Ich küsse dich. Du liegst in meinen Armen, und wir vergessen die Monate hinter dem Bildschirm, in denen wir uns alles Mögliche ausgemalt haben. Keine Fantasie mehr. Wenn es regnet, ist das nicht schlimm, und wenn der Wind geht, weht er den Pony vor deinen Augen weg, und ich werde sagen: Ich liebe dich. Irgendwann.

Liverpool103: Keineswegs, das erzähle ich nicht allen Mädchen auf der Seite.

Liverpool103: Morgen bin ich nicht da. Wir bleiben in Kontakt.

Liverpool103: Küsschen.

27

Die Liebe und immer noch Romuald …

Was Romuald betrifft, darf man sich keine falschen Vorstellungen machen, sich nicht täuschen lassen. Nicht narren lassen und nicht das X mit dem U verwechseln, oder wie die Redewendung auch immer heißen mag. Man sollte sich keinen Bären aufbinden lassen. Das hier ist kein Liebesroman. Überhaupt nicht. Keine Romanze, nichts mit langem Vorspiel. Ergriffene Blicke, die sich suchen. Wir pfeifen auf alles Sanfte. Wir wollen Sex, etwas Konkretes, etwas Greifbares. Brüste, die von gierigen Händen berührt werden, Zungen, die sich umeinanderwickeln, Geschlechtsteile, die ineinander eindringen. Fühlbares, eine akribische Beschreibung der Begegnungen. Etwas Konkretes. Etwas Quantifizierbares. Männer, die Angaben zu ihrer Person machen, als wäre Lucie eine ermittelnde Polizistin, Trampel, die ihre Einsamkeit mit geschwätzigen Argumenten rechtfertigen. Irgendwann kommen sie alle damit an. Erklären, warum sie eine Frau suchen. Schreiben sogar im Netz darüber. Ganze Absätze. Und die Formulierungen mögen variieren, aber alle wünschen sich eine Frau, die sie ein Stück des Weges begleitet, eine Frau, die mit ihnen durchs Leben geht, eine Frau für eine sexuelle Beziehung, ob fest oder lose. Eine Frau, die ihnen die Zeit vertreibt. Eine Frau, um nicht alleine alt zu werden.

Annelyse verbringt zurzeit alle Abende bei Lucie. Ist ihre neue beste Freundin. Sie klopft leise an die Tür, bringt eine Schachtel Pralinen mit, eine Tüte Bonbons, saure Fritten, die ihnen im Mund alles zusammenziehen, und sie fischen munter Kalorien aus der Tüte. Ihr Internetbekannter loggt sich nicht mehr ein, er hat sein Pseudonym gewechselt oder das Datingportal, und sie geht nicht mehr ins Theater.

Wäscht sich nicht mehr die Haare, wechselt ihren Wollpullover mit V-Ausschnitt nicht mehr, und der Geruch nach Angoraschaf breitet sich im ganzen Zimmer aus und lässt das Ausmaß ihres Elends ermessen.

Sie hat eine Theorie, die sie permanent wiederholt: »Ich hab halt mitgemacht, nachgegeben, das hätt ich besser nicht getan. Die Männer wollen nur eins: besitzen. Eine Frau besitzen, einen Körper besitzen, sich darauf ausstrecken, sich ein paar Sekunden austoben, schon fühlen sie sich wie Krösus. Sind glücklich wie die Karnickel. Kaninchen sind glücklich, sie turteln ein wenig mit einem Weibchen und denken nicht weiter über die Konsequenzen nach. Die Männer wenden sich dagegen ab, sobald sie ihren Willen gekriegt haben. Verlassen die Frauen. Sind gewissenlose Geschöpfe.«

»Nein«, entgegnet Lucie, »auch Männer können verlassen werden. Das kann passieren. Adeline hat Romuald verlassen. Ich habe mich von Pascal getrennt.«

Annelyse starrt Lucie an, als käme sie vom Mond, doch sie findet Lucie toll. Und ihre Theorie von der Rache der Frauen auch.

Annelyse redet gern mit den Händen, nimmt andere in den Arm. Sie drückt Lucie an ihre Brust, doch dieser ist es peinlich, Annelyses Brüste zu spüren und ihren Herzschlag zu hören, aber sie wehrt sich nicht. Die Ärmste. Seit ihr Internetbekannter sie verlassen hat, fehlt es Annelyse, berührt zu werden, aber sie loggt sich nicht mehr ein, aus Angst, sich wieder zu irren.

Lucie fragt: »Hast du denn tatsächlich so viele Männer gekannt, dass du sagen kannst, alle seien gleich?«

Was sie nicht hinzufügt, ist: so wie du aussiehst. Das geziemt sich nicht, und außerdem hat Annelyse viele Männer gekannt, mehr als sie selbst. Gut fünfzehn Stück. Kurze Affären, längere Beziehungen. Zwei-, dreimal Liebeskummer, den sie rasch überwunden hat, einen Ehemann, der auf der Strecke geblieben ist, ein paar knallharte Typen, die sie in Bars aufgelesen hat, und vor allem ihr erster Typ, ein Österreicher, der sie nur anzusehen brauchte, schon war sie zu allem bereit. Sie trauert ihm immer noch hinterher, diesem Hohlkopf, der abgehauen ist, ohne je wieder von sich hören zu lassen, und wenn sie einmal alt ist, wird sie sich auf die Suche nach ihm machen, um nicht zu sterben, ohne ein letztes Mal von ihm berührt zu werden.

Die beiden Frauen zogen also hemmungslos über Männer her, machten sie nieder, verspotteten sie, schworen sich, nie, nie mehr wieder den Gesängen der Sirenen zu erliegen. Auf der Hut zu sein, standhaft und solidarisch.

Und Lucie geht mit Romuald joggen, bei dem man sich keine falschen Hoffnungen machen darf, in dem man sich nicht täuschen sollte, kein Liebesfilm, kein X für ein U, kein Bär auf dem Rücken.

Sie laufen sonntagsmorgens um einen von Mücken bevölkerten See, werden von ihnen verfolgt, und ihr infernalischer Rundtanz bringt Leben in die Landschaft. Sie reden nicht miteinander. Sie atmet aus, wenn Romuald ausatmet, er bremst herunter, wenn ihr die Luft auszugehen droht, beschleunigt, wenn sie einschläft. Er treibt sie an, wenn sie langsamer wird, und sie wird oft langsamer, sie ist keine Läuferin, nicht einmal eine Schwimmerin. Im Grunde ist sie überhaupt keine Sportlerin, und wäre sie allein, würde sie sofort stehen bleiben. Stillzustehen ist nicht zwangsläufig schlecht. Es bietet einem die Möglichkeit, die Welt zu beobachten und den Augenblick zu genießen.

Romualds rechter Arm berührt Lucies linken. Regelmäßig.

Sie geht ein wenig auf Distanz. Ohne dass er es merkt, lässt etwas Platz zwischen sich und ihm. Dafür ist sie bekannt, sie ist die Fachfrau für den richtigen Abstand, die Kluft, die es zwischen Menschen zu erzeugen oder zuzuschütten gilt, damit die Kommunikation so unbeschwert wie möglich abläuft. Sie fällt zurück und lässt ihn vor sich herlaufen, starrt auf seinen Nacken. Nur auf seinen Nacken. Ohne an etwas anderes zu denken. Ohne Gefühle zu empfinden oder auf Distanz zu gehen. Ein Nacken löst gar nichts aus. Ein Nacken ist etwas Neutrales. Ein Nacken lässt einen vorankommen.

Eines Abends, als sie auf seiner Terrasse geraucht hatten, hatte er es vorgeschlagen.

»Wir richten uns zugrunde«, hat er gesagt, »wir ruinieren uns, du und ich. Wir haben einen schlechten Einfluss aufeinander. Lass uns gesund leben, positiv sein.«

Ein echter Werbeslogan, wenn man eine Kampagne für neue Lebensrhythmen starten will, und sie hat nicht geantwortet, weil es ihr überhaupt nichts ausmacht, unter einem Stadthimmel Zigaretten zu rauchen und dabei fettige Chips zu futtern. Sie ließ ihn über die Notwendigkeit des Erhalts der körperlichen Gesundheit schwadronieren und dachte nur, dass ihre mentale Gesundheit weitaus gefährdeter sei.

Am Sonntagmorgen holte er sie mit dem Fahrrad ab, und sie radelten quer durch die Stadt, um in dieser Ersatznatur zu sein. Ein Spritzer grünes Wasser, ein paar schwankende Bäume, die sich an die aufgeschüttete Erde klammern, und sie hat nur gesagt, das hier sei eine einzige Kulisse, der reinste Fake, die schrullige Idee eines verschrobenen Kauzes, und er hat ihre Bemerkungen mit einer Hand weggewischt.

»Lauf«, hat er gesagt.

Er war der Erste in der Geschichte, der das zu ihr gesagt hat. Er sollte nicht der Letzte sein.

Sie läuft.

28

Die Liebe und Romuald, ein letztes Mal …

Fakten, nichts als Fakten.

Es ist spät, und sie stattet Adeline einen Besuch ab. Unangekündigt. Ohne vorher anzurufen, sie weiß sowieso nicht mehr, wo sie ihre Tasche abgestellt hat, und sie läuft durch die Straße, ohne Jacke, mit leeren Händen. Die totale Freiheit. Die Bürgersteige sind um diese Uhrzeit menschenleer, und ihre Schritte hallen durch die Stadt. Ihren Schal hat sie irgendwo zwischen der ersten und der letzten Bar zurückgelassen, an einen Pfosten gebunden. Sie glaubt, sie hat alles liegen gelassen, in der ganzen Stadt Teile von sich verstreut, und das ist überhaupt nicht schlimm.

Im Treppenhaus stößt sie gegen die erste Stufe. Sie hat gerade jemanden geküsst. Einen Mann. Den sie fast nicht kennt. Einen fast Fremden. Und sie will ihrer Freundin davon erzählen, von ihrer Heldentat, ihrer Leistung. Darum ist sie nicht nach Hause gegangen. Sie will ihr Erlebnis teilen. Sie freut sich schon diebisch darauf, im Voraus.

Adeline wird ihr nicht glauben, sie wird sagen: »Nein, echt, du, du, das hast du nicht getan?!«, und Lucie wird ihr die Details schildern, damit sie sich im Chor lauthals darüber amüsieren können.

Ihr Fuß schmerzt. Sie trägt Sandalen mit Absatz, neue, gestern gekauft, und sie hat sich gerade an der Treppenstufe gestoßen, und man muss dazu sagen, dass sie getrunken hat, und wenn sie trinkt, tendiert sie dazu, ihre Sätze zu wiederholen, um sicherzugehen, dass man sie richtig versteht.

Sie stützt sich an der Wand ab und humpelt zur Tür ihrer Freundin, ihrer Adeline, ihrer Kameradin, mit der sie ihre Abenteuer teilen will. Sie läutet an der Tür. Ein schrilles Läuten, das ist das richtige Wort, schrill, unsittlich, aufdringlich, genau wie alle Konsequenzen dieser Art Lärmbelästigung. Die erste Lektion war also vergeblich. Lucie wartet, und weil nichts passiert, drückt sie noch einmal auf die Klingel, und der schrille Klang breitet sich in der ganzen Wohnung aus. Die automatische Treppenhausbeleuchtung erlischt. Sie hält sich an der Klingel fest und drückt darauf herum, bleibt im Rhythmus und im Takt, spielt die fünfte Symphonie von Beethoven. Fehlerfrei. Was zur Folge hat, dass hinter der Absperrung etwas in Bewegung kommt. Adelines Schritte, der Schlüssel dreht sich im Schloss, der Riegel wird zurückgeschoben. Die Tür geht auf, und ihre Freundin starrt sie an.

Die Ringe unter den Augen machen deutlich, dass die Nacht für sie eine riesige Spielwiese ist. Sie gehört zu den Frauen, denen die Müdigkeit eine gewisse Ausstrahlung verleiht.

Lucie tritt ein, ins Wohnzimmer, das von der Katze okkupiert wird, und am liebsten hätte sie dem Tier einen

Tritt versetzt, doch es nimmt durch das offene Fenster Reißaus. Es spürt ihre Verachtung und kommt nie auf ihren Schoß. Lucie ruft ihr nach: »Du hast recht, Mi-Au, geh lieber nach draußen, leg dich zum Miauen auf den Schornstein und lass dich ficken, du blödes Vieh!«

Sie dreht sich zu Adeline und nimmt sich allen Ernstes vor, ihre Katze Ramona zu nennen, sollte sie jemals in ihrem erbärmlichen Leben eine Katze haben. Denn sie ist der Meinung, dass man niemals nie sagen darf, vielleicht findet sie sich eines Tages mit einer Schmusekatze wieder.

Adeline legt den Finger auf den Mund und macht das, was Lucie häufig im Rahmen ihrer beruflichen Tätigkeit praktiziert. Sie sagt: Pst! Aber den richtigen Ton für das Wörtchen »Pst« zu finden, um sich durchzusetzen und Ruhe herzustellen, ist nicht jedermann gegeben. Und bei Lucie funktioniert es nicht. Zu abgenutzt, zu abgestumpft. Sie sagt nur: »Was denn, pst? Warum sagst du pst?«

Adeline zeigt auf das Schlafzimmer. Sie hat Besuch. Das ist eine höflichere Formulierung für vögeln.

Adeline hat oft und viel Besuch, ihre Empfänge sind sehr gelungen. Davon versteht sie was.

Lucie bleibt stehen.

Der Anstand, die Manieren, die ihre Eltern ihr beigebracht haben, ihre bürgerliche Erziehung, getränkt mit jüdisch-christlichen Schuldgefühlen, würden sie eigentlich dazu verleiten, sich diskret zu verziehen. Sich entschuldigend zu verdrücken. Doch seit einiger Zeit wandelt sie sich. Es kommt zu subtilen Veränderungen, Modifikationen ihrer molekularen Struktur, die zur Folge haben, dass sie Briefe an TV-Realityshows schickt oder Fremde küsst und auf den Tischen tanzt. Lucie, Lucie, singt ihr Gewissen leise, verschwinde von hier und geh nach Hause, leg dich brav ins Bett und vergiss den ganzen Abend. Sie fragt: »Wer ist es denn, ein Typ, ein Kerl, was, wer ist es? Kenn ich ihn?«

Als wären die Männer, die Adeline empfängt, von Interesse für sie.

Adeline antwortet nicht. Lächelt nur.

Hätte Lucie zu diesem Zeitpunkt der Erzählung eine Eingebung gehabt, wäre das eine gute Sache gewesen. Jene Vorahnung, die Menschen Format verleiht, die sie in wunderbare fiktive Persönlichkeiten verwandelt, die man ins Herz schließt. Die sich ihres Schicksals bewusst sind. Ein wahres Schicksal entsteht, nimmt Gestalt an. Wird antizipiert. Aber auch jetzt, genau wie zuletzt, Fehlanzeige.

Adeline nimmt Lucie bei der Hand und führt sie zu ihrem Schlafzimmer, in dem es dunkel ist. Lucie versucht, die Gestalt unter der Bettdecke zu erkennen.

»Wer ist es?«, fragt sie. Sie spricht bestimmt zu laut. Die Musik in der Bar war voll aufgedreht gewesen, und sie wird noch eine ganze Woche lang ein Rauschen im Ohr haben.

»Wer ist es?«, wiederholt sie. Ihre Stimme ist zu schrill. Mist, denkt sie, ich habe wirklich getrunken, mehrere Liter, ich kann kaum richtig artikulieren, und ihr ist ihr Aufzug bewusst, schlampig, verknautscht.

Was wird er von mir denken, der Typ, der jetzt auftaucht?

Adeline flüstert ihr einen Namen zu, aber ihre Ohren sind vom Lärm dieses Abends wie betäubt, darum betritt sie das Zimmer. Der Schatten auf dem Bett richtet sich auf, und ihre Freundin knipst die Flurlampe an: Zum Vorschein kommt Romuald.

Romuald mit der Hand auf dem Schwanz. Romuald, der aussieht, als hätte man ihn ertappt. Romuald und all seine Versprechungen des Entsagens, des Vergessens, seine Hasstiraden, seine erlöschende Liebe, geplatzt, tot. Romuald und sein weißer Nacken, sein männlicher Atem, der sich an ihren anpasst.

Lucie dreht sich zu Adeline, die unverhohlen lächelt.

Sie stürmt nach draußen. Rennt durch die Wohnung, und die Tür fällt zu, ohne dass ihr bewusst ist, dass sie sie geschlossen hätte. Sie stürmt mit großen Schritten die Treppe hinunter und fällt an derselben Stelle, auf derselben Stufe mit demselben rechten Fuß, aber sie rennt weiter und verlässt das Gebäude. Der Bürgersteig schwankt, die Erde dreht sich zu schnell, sie zwingt sich, gerade zu gehen und das Miauen der Katze auf den Dächern zu ignorieren, die ihr folgt, die Regenrinnen entlangläuft und sich für den Hass rächt, den Lucie ihrer Gattung entgegenbringt, und die Katze spottet über Lucies fehlende Würde abends auf der Piste und im Leben allgemein.

29

Die Liebe in einer Bar zu später Stunde …

Annelyse ist im Pyjama, ihr Bauch quillt aus der Hose, und ihr ausgeleierter Wollpulli hängt schlaff an ihr herunter. Die tiefe Schlucht zwischen ihren Brüsten ist zu erkennen, ohne dass sie etwas dagegen unternimmt. Alle Scham ist verflogen. Sie liegt auf dem Sofa vor dem Fernseher, sagt nichts. Kein Wort. Lucie versucht, sie aufzumuntern, aber ihre Freundin ist weggenickt. Jeder kennt solche schwarzen Stunden, trübe Momente voller Überdruss.

Am späten Nachmittag, gegen sechs, kam sie rüber. Setzte sich anfangs hin und sank allmählich zusammen, wie eine einstürzende Säule, ein Fundament, das sich dem Zahn der Zeit geschlagen gibt. Ihre Ruine gibt diesem Tag, der sich wie Kaugummi hinzieht, lange und sinnlos, den letzten Rest, und Lucie hat genug von langen, sinnlosen Tagen, an denen sie nur zu warten scheint, zu warten, und nichts, nichts passiert, also rüttelt sie Annelyse auf.

Sie packt sie, schüttelt sie. Zieht sie hoch. Die Idee kommt ihr urplötzlich. Die Lösung gegen die Langeweile. Denn es ist die Langeweile, die an uns nagt, die Langeweile, die uns im Griff hat und betäubt. Die Langeweile bringt uns um.

»Komm, wir gehen auf die Piste, Annelyse. Raus mit uns! Raus mit uns!«

Ihre Freundin kommt wieder zu sich. Auf die Piste gehen. Rausgehen. Das geht nicht. Der reinste Wahnsinn. Lucie lacht über ihr Entsetzen, drängt sie, zieht ihr die unförmige Hose aus. Annelyse versteift ihre weißen, dicken Beine, aber Lucie macht weiter. Sie zieht an dem Pulli, an dem stinkenden Panzer, und schon ist das Mädel nackt, brüllt, und Lucie brüllt zurück, und schnell, schnell ziehen sie sich an, auch wenn Annelyse mit den Armen fuchtelt, kopflos wird und vor Aufregung nicht mehr in die Ärmel ihrer Jacke findet. Lucie versucht, Annelyses Haaren, die wie verkochte Spaghetti herunterhängen, den Anschein einer Frisur zu verpassen, und trägt auf ihren blassen Lippen roten Lippenstift auf. Die Bemühungen einer Krankenschwester, einen sterbenden Patienten zu reanimieren.

Draußen tobt das Leben. Annelyse klammert sich an ihren Arm. Drückt ganz fest zu, als könnte sich bei jedem ihrer Schritte die Erde auftun und sie in eine verborgene Spalte stürzen. Wenige Meter vom Haus entfernt bleibt sie fast stehen. Zögert. Am Ende der Straße gibt es eine Bar.

»Komm«, sagt Lucie, »wir trinken uns etwas Mut an, den Mut der Durchgeknallten.«

Sie ist weit davon entfernt, Bier, billigen Wein oder Alkohol im Allgemeinen zu verherrlichen. Mut lässt sich auch anderswo finden als in einem Glas Weißwein, in einem kühlen, trockenen, spritzigen Chardonnay, aber egal, der Wein, den sie am Tresen der *Bar des Lucioles* hinuntergekippt haben, hat ihnen sehr geholfen. Und nicht nur einer. Zwei hintereinanderweg. Wobei der erste den Weg für den zweiten geebnet hat.

Danach ist die Route vorgezeichnet.

Sie gehen weiter zur *Bar du Centre*. Platzen mitten in die Happy Hour. Setzen ihre Ellbogen ein, vom Weißwein unterstützt, der sie innerlich erwärmt, sie mutig, furchtlos und hemmungslos macht, und sie nuckeln auf dem Bürgersteig an ihrem Erdbeer-Mojito und blasen den Rauch zu den Straßenlaternen, die dieses Fleckchen Nacht zu erhellen beginnen, und der Rauch steigt auf zum Licht und umgibt sie mit einem tanzenden Glorienschein.

Lucie sagt: »Deine Augen sind wie Diamanten, Annelyse.«

Annelyse errötet. »Das hat noch nie jemand zu mir gesagt, Lucie«, antwortet sie mit Tränen in den Augen. Fehlen nur noch die Streicher.

Sie gehen weiter, obwohl zwei Männer mit ihnen anstoßen wollen, aber die beiden waren klein und hässlich und hatten X-Beine. Wenn man schon Risiken auf sich nimmt, sollte man auch Ehrgeiz haben, und auch wenn Annelyse enttäuscht ist, auch wenn sie sich mit dem kleinen hässlichen X-beinigen zufriedengegeben hätte, scheucht Lucie sie weiter. Zur Musik etwas weiter vorn.

»Hier lang, das ist unsere Party, hier mischen wir uns unter die Leute!«

Der Vorteil am Rauchverbot in öffentlichen Räumen ist, dass die Party draußen weitergeht. Die Erweiterung der Anbaggerzone. Die Menge auf dem Bürgersteig ist groß. Lucie lässt Annelyses Hand nicht los, und sie mischen sich unter die Leute. Sie heulen fast vor Glück. So viele Kontakte auf einen Schlag. So viele Körper, die sich aneinanderdrücken. So eine Hitze. Annelyse will nicht mehr weitergehen und bleibt zwischen zwei großen Typen stehen, die miteinander anstoßen, ohne sie wahrzunehmen.

Am Tresen in der Mitte legt ein DJ auf. Umringt von vielen jungen Leuten. Lucie sieht sehr wohl, dass sie herausfallen, Annelyse und sie, mit ihrem damenhaften Aussehen und der Opernsängerinnenstatur ihrer Freundin. Sie sieht es, aber es spielt keine Rolle, und sie bestellt sich etwas zu trinken.

Direkt neben ihr steht Fabrice.

Ihr Fabrice. Der kleine Kassierer vom Supermarkt. Mit gegelten Haaren. Fußballerfrisur. Fußballergeruch. Einem Fußballertattoo auf der Schulter. Einem Grübchen in der rechten Wange.

Er entdeckt sie und lächelt, und Lucie ist sofort klar, dass er sie zuordnen kann.

Ein schöner Ausdruck. Jemanden zuordnen. Er beugt sich zu ihr herunter, um mit ihr zu reden, und sie versteht ihn kaum, also drückt er sich an sie und flüstert ihr direkt ins Ohr: »Sie? Hier?«

Eine bescheuerte Frage, denkt sie. Die Frage eines Unschuldigen, der nicht recht weiß, was er sagen soll. Der die Macht der Worte noch nicht am eigenen Leib erfahren hat. Jetzt bloß nicht darauf antworten, denkt sie und lächelt ihrerseits. Er kommt noch näher an sie heran, und sie trinken zusammen, und er gesteht ihr, immer noch ganz dicht an ihrem Ohr, dass sie seine Lieblingskundin ist. Er stellt sie seinen Freunden vor, drei oder vier, im Saal verteilt, an Hocker gelehnt. Annelyse ist nicht mit reingekommen. Lucie hingegen bleibt in der Nähe der Musik, deren Bässe ihre Füße blockieren und ihre Gedärme erzittern lassen, und sie erstickt fast, so sehr schnürt ihr der Klang das Herz zusammen. Sie fällt nicht. Sie dreht sich um sich selbst. Sie greift nach der Hand von Fabrice. Er zieht sie nicht weg. Sie legt sie direkt auf ihre Brust. Damit er ihren Herzschlag spürt, ihre Energie, ihre Freude, der es gelungen ist, sich einem schwarzen Tag zu widersetzen, und die wieder fließt und von Neuem in ihrem Blutkreislauf zirkuliert, als wäre es ihr natürlicher Lebensraum.

Er drückt sich an sie. Sein kleiner Körper, schlank, klar, schön. Seine Hände sind auf Lucies Rücken. Wie die von Pascal. Wie die von Männern, die eine Frau erobern, und sie geht ins Hohlkreuz, löst sich aus seinen Armen. Sie sieht ihn an und geht langsam, sehr langsam wieder auf ihn zu. Es ist ihr Kuss. Ihr Wille. Ihre Lust. Ihre.

Fabrice schließt die Augen. Sie will, dass er sie anschaut. Sie wartet. Er öffnet die Augen. Sie berührt ihn. Seine Lippen auf ihren. Leicht. Eine sanfte Berührung, ein Streicheln. Dann drückt sie sich fester an ihn, um ihn zu spüren, und er verschlingt fast ihren Mund, und die Musik packt sie, wirft sie um, und sie beendet den Kuss und schiebt ihn weg, schiebt ihn von sich, damit er geht, den Platz freigibt, sie tanzen lässt und dann wieder auf sie zukommt.

30

Die Liebe, einer geht noch …

Romuald war also zu Adeline gekommen, um mit ihr über den Verkauf des Hauses zu sprechen. Er hatte den Notar erwähnt, die Kosten und das weitere juristische Vorgehen. Am Ende hat er sie auf den Küchentisch gelegt. Und vernascht. Sie mit Haut und Haar genommen. Ein geiler Fick, ohne Konsequenzen.

So schildert es Adeline.

»Der Arme«, sagt sie. »Er war so scharf gewesen. Ein letztes Mal, zum Abschied.«

Dann fragt sie, ob Lucie ihn haben will, ihren Romuald, sie habe so komisch geguckt, als sie ihn in ihrem Schlafzimmer angetroffen habe, aber Lucie hat das weit von sich gewiesen und entsetzt ausgestoßen: »Nein, was für ein Blödsinn, und außerdem will ich nicht die Reste haben, die andere mir übrig lassen!«

Sie hat ihren Stolz, ihren Romuald kann Adeline gern behalten!

Okay, wie schwach das Fleisch ist, ist ja bekannt. Auch Pascal hat ein letztes Mal rangedurft. Zum Abschied.

Zwei Liebende, die sich Lebwohl sagen. Ein Zugeständnis an die verflossene Liebe.

Fast ein Jahr nach der Trennung. An einem Sonntag im

November, als der Winter näher kam und die Vögel zum Wegfliegen drängte, und die Elektroheizung brummte, die in Lucies Schlafzimmer voll aufgedreht war. Lucie ist sehr kälteempfindlich, friert immer. Der Heizkörper sollte sich mit ihr verbünden. Aber er lief nicht richtig. Sorgte für eine trockene, unangenehme Wärme und gab seltsame Geräusche von sich, als hätte er dauerhaft Verdauungsbeschwerden, als wäre der Stromkreis überlastet, und sie hatte Angst, dass ihr der Heizkörper irgendwann um die Ohren fliegen könnte.

Ihr erster Reflex war es, Pascal anzurufen.

Sie sahen sich nicht länger. Sie hatte alle Brücken hinter sich abgebrochen, weigerte sich sogar, Briefe zu öffnen, auf denen beide Namen standen. Sie war eisern, stolz, selbstständig. Brannte eine Glühbirne durch, wechselte sie sie aus, flog eine Sicherung raus, drückte sie sie wieder rein. Er hatte sie gewarnt, Pascal, dass sie es ohne ihn nicht schaffen würde. Sie konnte nicht einmal einen Stecker in die Steckdose stecken, ein Radio zum Laufen bringen oder ihren Wecker richtig einstellen. Er hatte ihr Katastrophen prophezeit, demnach würde sie erblinden, müsste amputiert werden, würde Verbrennungen fünften Grades erleiden und von der Komplexität der Technologie erschlagen werden. Niedergewalzt von einer Lawine unüberwindbarer Schwierigkeiten, die nur er selbst beheben könnte.

Kleinere Probleme bei der Installation von Computerprogrammen, ein paar Schreckensmomente beim Reparieren der Deckenleuchte im Badezimmer, aber alles in allem schlug sie sich tapfer. Bis auf diesen Heizkörper, und die Angst stieg in ihr hoch, nachts, wenn sie das tiefe Röcheln des heimtückischen Tiers hörte, das nur darauf wartete, dass sie einschlief, um ihr ins Gesicht zu springen.

Ohne weiter darüber nachzudenken, rief sie Pascal an. Er kam ziemlich schnell vorbei, und sie musste lachen, als er im Blaumann mitsamt Werkzeugkoffer anrückte. Eine Szene wie aus einem billigen Porno.

»Guten Tag, gnädige Frau, Sie hatten nach einem Klempner verlangt? Tja, ich bin gleich mit schwerem Gerät angekommen, zusammen werden wir den Rohrleitungen zu Leibe rücken.«

Sie lachte lauf auf, und es schien, als hätte er ein Jahr auf diese Situation gewartet und an seinem Einsatz gefeilt, um sie zu knacken. Der perfekte Satz, um sie rumzukriegen. Das ideale Setting: Ein technischer Defekt, der seine Anwesenheit als Retter rechtfertigte.

Sie hatte im Schlafzimmer noch keine Vorhänge angebracht, und die Kartons mit ihren Büchern standen in einer Reihe an der Wand. Eine Übergangslösung. Ein klares Eingeständnis, dass sie ohne ihn nicht überlebensfähig war.

Er drückte sie aufs Bett, immer noch in der Rolle des Klempners, und saugte an ihrem Ohr, denn er wusste sehr genau, was sie mochte, und sie hatte seit einem Jahr mit niemandem geschlafen, fast jedenfalls, und sein Körper auf ihrem fühlte sich an, als würde sich das Chaos in ihrem Leben neu ordnen. Die totale Entspannung, eine allgemeine Beruhigung jedes einzelnen Teils in ihrem Organismus.

»Nun, junge Frau, was kann ich für Sie tun?«

»Alles, guter Mann«, hatte sie gestammelt, immer noch in der Rolle der gefügigen Hausfrau, die keine Angst vor der Hündchenstellung hat.

Er küsste sie auf den Hals und hatte sie sehr bald ausgezogen, und sie hatte abgenommen, aber er sagte nichts, kein Kommentar, und sie war ihm dankbar für sein Schweigen. Er berührte sie. Überall. Drückte ihr mit den Händen, mit dem Mund seinen Stempel auf. Um seine Spuren wiederzufinden. Sein Terrain zurückzuerobern, die Grenzen abzustecken. Und als auch er nackt war, schaute sie genau hin, um zu sehen, ob er sich verändert hatte. Aber das hatte er nicht. Sie fand ihn so wieder, wie sie ihn zurückgelassen hatte. Groß, mit seinen zwei Härchen zwischen den Brustwarzen und mit dem Muttermal unter dem Nabel. Sein Mund hatte noch denselben Geschmack. Seine Haut roch wie immer, und sie wollte die Nase in den Hals dieses Menschen bohren, um sich an dem Geruch zu laben, der die Erregung in ihr hochsteigen ließ.

Mit der Nase in seinem Hals würde sie sich also gehen lassen und den Augenblick genießen. Möglicherweise würde sie auch schwach werden und sich hingeben, und vielleicht hatte sie auch der Gedanke gestreift, es noch einmal mit ihm zu versuchen. Nach Hause zurückzukehren. Heim. In ihr wahres Heim. Ihm ein Kind zu schenken. Es war noch nicht zu spät. Dann studierte sie sein Gesicht.

Feine Fältchen um die Augen. Dünne Lippen und seine glatte Stirn, die alle unheilvollen Gedanken verbarg, und wie oft hatte sie ihn gefragt, woran denkst du?, und er hatte geantwortet, an nichts, an dich!

Als wäre sie dieses Nichts.

Er erwiderte ihren Blick. Sie bekam Angst. Er sah so gefühllos aus, obwohl er lächelte und sie voller Inbrunst vögelte. Die kalte Ausstrahlung eines Mannes, der die Welt, die Dinge und die Frau, die er liebt, kontrolliert. Das dachte sie letztendlich über ihn. Ein gefühlloser Mann.

Und gleichzeitig mit der Lust stieg sie in ihr hoch. Die Wut. Völlig intakt. Sie hatte geglaubt, alles würde mit der Zeit vorbeigehen, verschwinden. Aber das ist eine Lüge der Dichter. Und sie kostete ihn aus, ihren Hass. Eine heftige Erschütterung, Glück und Unglück in der Rumpelkammer ihres Körpers vereint.

Und sie setzte ihn vor die Tür, ihren Amateur-Klempner, ihren Pascal, ohne dass er den Heizkörper repariert hatte, der schließlich im Dezember seinen Geist aufgab, und sie hat den ganzen Winter über gefroren, bevor sie den Vermieter anrief. Ohne ein Wort der Erklärung warf sie ihn raus, ihn, der sie schon ins traute Heim zurückkehren sah, um nach einer kleinen Pause ihr Eheleben wieder aufzunehmen, als wäre nichts passiert, dabei – nein, nein, nein.

31

Die Liebe und ein Abend unter Freunden …

Annelyse steht vor ihrer Wohnungstür, sie schmiegt sich an einen Mann, der an der Wand lehnt. Sie packt zu und zieht ihm die Hose herunter und den Slip, und sie begleitet das Ganze mit einem schmachtenden Kuss, dem Kuss einer Dürstenden, die die Wüste durchquert hat, ohne eine Wasserstelle zu finden. Sie nimmt den Schwanz des Mannes in die Hand, zwischen ihre beringten Finger mit den blau lackierten Nägeln, geht in die Hocke, und ihre Knie knacken, und genau in dem Moment kommt Lucie mit ihrer Einkaufstüte die Treppe hoch. Sie hat den Supermarkt gewechselt, und die größere Entfernung, die sie nun mit beladenen Armen zurücklegen muss, ist eine gerechte Strafe.

Sie steht direkt vor ihrer Freundin, die mit vollem Mund auf dem Boden kniet, und ihre Blicke begegnen sich, und sie sieht in Annelyses Augen die Freude einer Heidin, die ihrem Gott huldigt, und natürlich sind alle drei etwas betreten und entschuldigen sich, Pardon, Pardon, und wissen nicht, wie sie sich aus dieser peinlichen Lage befreien können. Schließlich stellt Annelyse den

Mann vor. »Das ist Jules«, sagt sie zu Lucie, die nicht weiß, ob sie ihm die Hand geben oder ihn auf die Wangen küssen soll, immerhin ist er fast nackt, am Ende zieht sie die Schultern hoch.

Annelyse fügt hinzu: »Von Jules habe ich dir noch nichts erzählt. Wir haben uns neulich kennengelernt.« Lucie kapiert sofort, dass sie auf den Abend mit dem Kneipenbummel anspielt. Die dicke Brünette ist demnach nicht mit leeren Händen zurückgekommen.

Mit kleinen seitlichen Schritten schafft Lucie es schließlich zu ihrer Tür, ohne die beiden zu berühren, und lässt sie allein, ihn mit der Hose an den Knöcheln und sie mit ihrem Glück.

Annelyse klopft später leise an die Tür. Ohne ihren Pullover, den sie gegen einen Bademantel getauscht hat. Die Haare frisch gewaschen. Jules war einer der beiden Typen gewesen, zwischen denen sie sich verfangen hatte, und natürlich ist sie in seinen Armen hängen geblieben. Für manche Dinge gibt es keine Erklärung. Keine Logik. Er hielt sie fest. Nahm sie mit nach Hause. Sie redeten die ganze Nacht, er ist nämlich ein gebeutelter Mann, der keine schnelle Nummer wollte, keine Bettgeschichte. Ein Märchenprinz der Straße.

»Es gibt sie noch, diese Männer«, stellt sie klar. »Sie sind selten, aber der Zufall hat es gut mit mir gemeint.«

Seither weichen sie sich nicht mehr von der Seite, und er fehlt ihr, sobald er auch nur eine Stunde weg ist.

»Symbiose pur«, erklärt sie. »Ich brauche ihn, muss ihn berühren, spüren, hören.«

Lucie würde ihr am liebsten sagen: Hör auf. Du bist keine fünfzehn mehr. Dieses jugendliche Kribbeln hält nicht lange an. Einer Liebesbeziehung, die man im Treppenhaus befriedigen muss, droht ein rasches Ende. Doch sie behält ihre Überlegungen für sich, und Annelyse lädt sie ein, mit ihnen essen zu gehen. Und mit einem Freund von Jules. Einem Single. Einem netten Kerl. Einer seltenen Perle. Der ebenfalls eine Frau sucht. Ein anständiger Typ.

Und Lucie, die bei derlei Vermittlungen gewarnt sein sollte, die Freunde der Freunde werden selten gute Ehemänner, antwortet: »Ja, warum nicht?«

Sie sitzt noch nicht richtig, da würde sie am liebsten schon flüchten.

Es ist eine Pizzeria. In Papierservietten eingerolltes Besteck, Papiersets mit aufgedrucktem Menü, eine Klimaanlage, die übel riechenden Essensgeruch herüberschaufelt, ein abgewetzter Teppichboden und ganz hinten ein riesiges leeres Aquarium, ein Relikt des früheren Pächters, eines chinesischen Restaurants vermutlich, angesichts des Wandschmucks, den niemand abgehängt hat. Ineinander verschlungene Drachen, die rote Flammen ausspucken. Sogar die Kellner sind Asiaten, und derjenige, der sie fragt, ob sie einen Martini zum Aperitif wünschen, hat alles andere als einen italienischen Akzent.

Sich in der Toilette einsperren. Den Abend über sich ergehen lassen, als ob man vor den Jagdbombern über der Stadt in einen Luftschutzbunker flieht, den Kopf zwischen den Knien, die Hände auf den Ohren, um den Lärm zu dämpfen.

Annelyse, rechts neben ihr, trägt ein viel zu kurzes Kleid, das hochgerutscht ist, die Oberschenkel drückt sie auf dem Stuhl platt, ohne sich um die überquellenden Fettpolster zu sorgen, und ihr Lachen hallt durch den ganzen Raum. Damit könnte Annelyse sogar die Drachen an der Wand reizen, denkt Lucie. Sie so sehr provozieren, dass sie sich vom Putz losreißen könnten, um sie mitten in diesem schäbigen Saal bei lebendigem Leib zu verbrennen.

Sie hätte die Einladung nicht annehmen sollen, wahrlich nicht, und sie büßt dafür, dass sie manchmal redet, ohne vorher nachzudenken. Und ihre neue beste Freundin hat keine Klasse. Lucie muss die Konsequenzen tragen und zweifelt allmählich daran, ob sie wirklich ihre neue beste Freundin ist. Aber man muss die Leute nehmen, wie sie sind. Sich der geballten Normalität stellen. Sie nicht ändern wollen. Annelyse ist sehr laut. Die beiden Männer, die ihr gegenübersitzen, scheint das nicht zu stören. Jules und Jim.

Jim ist nicht sein wahrer Vorname. In ihm steckt lediglich ein Vorgeschmack auf Lucies abschätzige Haltung, denn sie hat beschlossen, Männer künftig etwas kritischer zu sehen. Ohne gute Absichten und ohne jegliche Illusion. Dieser Jim ist das Gegenteil des Mannes, den sie sich für ihr Leben wünscht. Etwas zu klein, etwas zu rund, etwas zu blass, etwas zu sehr Brillenträger, etwas zu hässlich, etwas zu sehr der Prototyp des armen Schluckers, den man sieht und gleich vergisst. Der sein blasses und langweiliges Foto auf den Datingseiten eingestellt hat, bei dem man, ohne zu zögern, weiterklickt.

Er hält sich gerade auf seinem Stuhl und schwitzt, und ihr ist klar, was er durchmacht, aber sie nimmt das Gespräch nicht in die Hand. Sie wartet darauf, dass ihre Pizza mit dreierlei Käse kommt und sich ihr Glas Chianti leert, dass Jules aufhört, über seine Ausbildung als Viruserkennungsspezialist zu reden. Während er spricht, streichelt er Annelyses Hand. Und der Koloss bebt, und ihr Beben lässt den Tisch erzittern und verstärkt Lucies Wunsch, noch schneller zu flüchten. Sie hofft auf den Angriff der Drachen, auf dass die Stadt brennt, um sie aus ihrer misslichen Lage zu befreien.

Sie schützt ein dringendes Bedürfnis vor, die Zigarette der Abhängigen, und stürzt ins Freie, um eine zu rauchen, allein, unter dem Vordach des Restaurants, das sie nur mäßig vor einem feinen Nieselregen schützt. Ein Wetter, das perfekt zu ihrer inneren Talfahrt passt. Als Jim die Flügeltür aufstößt, senkt sie den Kopf. Nichts sagen, kein Wort mit ihm reden, scheiß auf die guten Manieren, scheiß auf die Höflichkeit, ihm nicht den Eindruck vermitteln, sie sei ein Mensch, mit dem man kommunizieren könne. Keine Kommunikation. Sie hat keinen Bock auf Kommunikation. Ihr ist die Kommunikation egal, und sie geht hinaus in den Regen, neigt den Kopf, aber er packt sie am Arm. Glaubt, dass sie strauchelt, obwohl sie flüchtet. Er hilft ihr, weil er lieb und nett ist, aber sie will seine triefende Freundlichkeit nicht.

Und natürlich beginnt er ein Gespräch.

Er fragt sie, ob sie Annelyse gut kennt. Prompt bedeutet sie ihm, dass er sich die Mühe sparen kann, dass sich zwischen ihnen beiden nichts abspielen wird, dass er es genauso gut lassen kann, Jojo, Jumbo, Jimmy, und in dem Moment holt sie sich den Schauer des Jahrhunderts ab.

32

Die Liebe, die Enten und die Lauferei

»So« (sagt er, um ein Gespräch einzuleiten, weil sie sich gegenüberstehen und nicht wissen, wie sie dieses Gespräch beginnen sollen, während sie so etwas wie ein Lächeln andeuten, und sie treten von einem Fuß auf den anderen, und Lucie kennt die Situation, hat sie schon mal erlebt, ein Albtraum), »du bist also eine Freundin von Annelyse?«

(Nein, denkt sie, ich bin niemandes Freundin, ich bin allein, du bist allein, wir sind allein, kapiert? Geh noch mal deine Konjugationstabellen durch. Sei still, nach Hause mit dir, husch, husch ins Körbchen, ganz ruhig jetzt.)

»Von wem?«, fragt sie.

(Er lacht. Ein klägliches Lachen, das ihm im Halse stecken bleibt, und er zieht an seiner Zigarette, um cool zu wirken, was herzumachen, nicht das Gesicht zu verlieren.)

»Annelyse. Eine Freundin von Annelyse«, wiederholt er.

»Ja.« (Sie klopft die Asche von ihrer Zigarette, die auf seine Hose rieselt, ohne dass er es merkt.)

»Ich bin vor allem ihre Nachbarin. Wir wohnen im selben Haus. Im selben Stock.«

(Und sie schickt ein Stoßgebet zum Himmel, auf dass er diesen Satz nicht auch noch wiederholt, dass er keine Empathie für sie empfindet. Sie betet darum, dass er keinen Schritt auf sie zumacht, um die Kluft zwischen ihnen zu überbrücken, und sie geht einen Schritt zurück, entfernt sich, und auch er weicht zurück, ahmt sie nach, und zwischen ihnen tut sich ein Graben auf, den man nicht wieder zuschütten kann, niemals.)

»Annelyse ist sehr nett.« (Er macht weiter, unerbittlich, lässt nicht locker. Diesen positiven Charakterzug will sie gern gelten lassen).

»Ja«, antwortet sie (aber sie könnte genauso gut sagen, nein, Annelyse ist nicht nett. Sie ist anstrengend, sie ist schmutzig, sie riecht unangenehm, sie hat Flöhe, sie kratzt sich permanent, und ihr Geruch ist unerträglich. Sie kann nicht verstehen, wie ein Mann darauf Lust haben kann, auf diesen Kloß, diesen Koloss. Sie ist vulgär, sie bläst den Männern einen im Treppenhaus, sie hat überhaupt keinen Stolz, und wenn sie mit einem kleinen, hässlichen, x-beinigen Typen ins Bett gehen könnte, würde sie es tun. Beinahe hätte sie es getan, kurz vor Jules. Ich habe sie davon abgehalten).

»Wie gut, dass sie Jules kennengelernt hat«, sagt er lächelnd. »Das hat er verdient. Wo er sich schon so lange abrackert.«

(Ihm die Zigarette auf der Nase ausdrücken, mitten in seinem undankbaren Gesicht, seinem blassen Gesicht, dem abgespannten Gesicht eines müden Mannes.)

»Ja. Vielleicht.«

(Einen Zug nehmen. Die Zigarette zu Ende rauchen und ins Restaurant zurückkehren, um endlich die Pannacotta des Kochs zu verspeisen, der Vietnamese zu sein scheint und bestenfalls seine Kokosbällchen aufwärmen kann.)

»Und«, sagt er, »lebst du allein?«

»Ich?«

»Ja, du.«

Sie könnte antworten: Ich lebe allein, aber das ist nicht weiter schlimm, ich komme zurecht, auch wenn es nicht einfach ist, und ich hab so meine Gewohnheiten. Sie könnte die angenehme Seite ihrer teuer erkauften Unabhängigkeit preisen. Es wären höfliche Worte, um ihm zu signalisieren, dass er sie kreuzweise kann. Aber der Moment ist einfach reif. Sie hört, wie sich die Drachen um sie herum vom Putz und vom Gips losreißen. Sie wird dieses kurze Leben in der Illusion gelebt haben, die wahre Liebe könne sie noch ereilen. Hier, vor dem italienischen Restaurant *Napoli*, 12, Rue Gabriel Péri, gehen fast vierzig Jahre vergeblicher Warterei zu Ende.

»Hör zu«, sagt sie zu ihm, »es ist nicht nötig, dass du dich noch mehr ins Zeug legst. Du bist ein lieber Kerl, aber mit uns beiden, das wird nichts. Lass gut sein. Wir brauchen uns nicht umsonst zu verausgaben.«

Sie wirft die Zigarette weg. Diese Unterhaltung hat niemals stattgefunden, es gibt sie nicht, sie wird aus ihrer Erinnerung getilgt, genau wie dieser Jim, dieser Jimmy, dieser Jumbo.

»Hör zu«, antwortet er, »ich kenne solche Mädels wie dich.«

(Sie lacht, überrascht. Er spricht weiter. Hat die Fäuste geballt, als wolle er sie verprügeln, und vielleicht wird er es auch tun, und man wird Lucies Leiche in der Garonne finden, malträtiert, gefoltert und gevierteilt, nachdem er sie dort hineingeworfen hat.)

»Mädels wie dich, Verrückte, die durchs Leben gehen, ohne nach rechts oder links zu schauen. Die ihre Zeit damit verbringen, auf Männer zu warten, ohne sie anzusehen. Mädels wie dich, die verwöhnt sind und heulen, wenn man sie nicht mehr vögelt, weil sie zu sensibel sind, überempfindlich. Mädels wie dich, die den Männern mit ihren Zähnen die Eier ausreißen und dabei so tun, als könnten sie kein Wässerchen trüben. Sie zermahlen uns langsam und nehmen sich die Zeit, uns beim Krepieren zuzusehen. Ich kenne dich. Du glaubst, ich interessiere mich für dich, ich würde versuchen, dich zu verführen, ich hätte im Moment nur ein Ziel, ein Mädchen abzuschleppen, es rumzukriegen und mein Leben mit ihm zu verbringen, um nicht mehr allein sein zu müssen, aber ich bleibe lieber allein, als mich auf dich einzulassen. Du bist eiskalt. Du bist hässlich. Und du machst anderen Angst. Machst mir Angst. Du bist Furcht einflößend, kaum zu glauben, wie Furcht einflößend du bist. Und wie verbraucht. Alles Verbrauchte quillt aus dir heraus, und man sieht nichts mehr außer dem Schmutz und der Fäulnis in dir drin. Und der ganze widerwärtige Dreck dringt aus deinem Mund, aus deinen Augen, und du kannst dich noch so sehr schminken, um all den Müll zu verstecken, aber es ist zu offensichtlich. Und kein Kerl will dich haben, und sei er noch so verzweifelt, und sei er noch so fies. Daran solltest du denken, bevor du sprichst. Daran solltest du denken, bevor du das Wort an einen Mann richtest. Denn du bist das Gegenteil von Schönheit. Du hast die Hässlichkeit einer verzweifelten Frau, die nichts anderes zu geben hat als lauwarme Küsse, schlaffe Küsse, Küsse einer Spinnenfrau, die niemals zufrieden ist, niemals befriedigt. Niemals glücklich und die glaubt, man könne das Glück bestellen, es sich aussuchen, es diktieren, aber du verscheuchst sie alle, du armes Kind, alle laufen weg, und du läufst ihnen hinterher, und am besten bringst du viel Ausdauer mit, denn du wirst lange laufen müssen. (Er ist jetzt schon der Zweite, der sie laufen lassen will.) Du siehst, ich bin kein netter Kerl, und mit uns beiden, das wird nichts, und ich werde nach Hause gehen und dich sofort vergessen.«

Er wirft Lucie seinen Zigarettenstummel vor die Füße, dreht sich um und lässt sie verdattert zurück, und sie denkt: Geh nur, ich hasse dich nicht, du Spießer, aber der Satz bringt sie nicht mehr zum Lachen.

33

Die Liebe und Workshops für Musik, Kunst und Sport …

Folgendes gibt sie auf:

~ den Theaterworkshop im Jugendzentrum. Für den sie sich vor zwei Jahren eingeschrieben hat. Sie verpasst keine einzige Probe, gehört zu den emsigsten Teilnehmern. Der etwas struppige, dunkelhaarige Dozent ist wunderbar und brennt für Koltès. Schwört auf Koltès. Koltès und seinen tragischen Blick auf die Realität. Koltès und seine Beschreibung der unausweichlichen Einsamkeit des Menschen und aller Zwangsbeziehungen, die von seiner Unfähigkeit herrühren, Dinge auszusprechen. Er fordert von seinen Schauspielschülern, sich in einen Zustand tiefer Trance zu versetzen, der es ihnen gestattet, über den Umweg der Stille den tieferen Sinn der Wörter zu durchdringen.

Und Lucie ist ihm verfallen, genau wie die rund zehn anderen Mädels in der Gruppe. Dass Schauspieler eine Aura haben, ist keine Legende. Rémi kneift die Augen zusammen, wenn er mit ihnen spricht, und legt bei den Aufwärmübungen den Arm um sie, hat keine Angst vor

Körperkontakt. Er trägt Hemden mit hochgekrempelten Ärmeln und stellt seinen Bizeps zur Schau. Eine Ästhetik, die Koltès bestimmt nicht abgelehnt hätte. Die Jungs in der Gruppe bemühen sich, ihn zu bewundern, wodurch sie komplett verblassen. Das Herdengesetz, wonach sich die Herde ihren Chef, ihren Deckhund, ihr Alphatier aussucht. Sie unterwerfen sich und werden nicht gesehen. Der Kurs endet mit einem Ritual, alle setzen sich im Kreis auf den Boden, und Lucie sorgt dafür, dass sie jedes Mal neben Rémi zum Sitzen kommt. Sie weiß nicht, ob er sie wahrnimmt oder ob er eher mit passionierten und heimlich verliebten Praktikantinnen anbandelt.

Sie glaubt nicht, dass er ihr Fehlen in den letzten Proben bemerkt hat.

~ den Salsakurs. Alfredo, typischer Vertreter des sonnengebräunten Kubaners, Klischee des Tanzlehrers für südamerikanische Tänze, trägt sein außergewöhnliches Hinterteil zur Schau, als wäre es ein Kreuz der Ehrenlegion, auf dem Schlachtfeld errungen. Als Hommage an die Gefallenen bewegt er es im Rhythmus hin und her und ermuntert die Teilnehmer, es ihm gleichzutun, und Lucies wirre Schritte spiegeln exakt ihr Leben wider. Sie verwechselt beim Tanzen rechts und links, und Annelyse, die mitgekommen ist, versucht, ihre eigenwilligen Bahnen zu korrigieren, stellt sich aber genauso ungeschickt an wie ihre Freundin.

Im Prospekt hatte *gemischte Gruppe* gestanden. Doch neben Alfredo bemühen sich zwei weitere Männer verbissen darum, die gut fünfzehn Tänzerinnen zu umschlingen, die mit eng anliegenden Kleidern und hochhackigen Schuhen aufwarten und sich darüber ärgern, dass sie sich für die Augen anderer Frauen aufgebrezelt haben.

Häufig endet Lucie in den Armen von Anna, die seit Kurzem getrennt lebt, und sie schmiegen sich aneinander, und Alfredo betrachtet sie verdrossen. Es ist das Wesen der Salsa, dass sie den Kopf ausschaltet, und er kann nichts tun, um sie vorm Untergang zu retten.

Ohne Männer geht gar nichts.

~ Yoga. Yoga ist die Kunst, das Leben zu atmen. Sich in der Erde zu verankern, den Körper zu dehnen, die Chakren zu harmonisieren, sich der Welt zu öffnen, die Lebensenergie zu erhöhen. Im Moment ist Lucie auf einer Decke im nach oben schauenden Hund, der bei ihr eher einem zusammengeklappten Bügelbrett vor der Tür zur Abstellkammer ähnelt. Auch hier keine Männer oder nur sehr wenige, schmächtige, schlaffe. Nichts, und das ist frustrierend, und alle innere Ruhe verpufft, wenn Lucie an das Geld denkt, das sie ausgegeben hat, um sich in mehreren Clubs einzuschreiben, die finanzielle Investition, die lediglich zu einsamen Verrenkungen in einer armseligen Turnhalle führt, als Hintergrundgeräusch das leise Klirren tibetischer Zimbeln. Als sie der Dozentin mitteilt, dass sie nicht mehr wiederkommen wird, bedenkt diese Lucie mit dem mitleidigen Gesichtsausdruck derjenigen, die den inneren Frieden gefunden haben und denen es leidtut, ihn nicht weitergeben zu können. Woraufhin Lucie große Lust hätte, ihr die Faust in den Solarplexus zu rammen. Sie weiß ja jetzt, wo dieser sitzt.

~ das Kochen. Mit Küchenchef Marcus. Einem dickbäuchigen Koch, der Frauen gern begrapscht und ihren Hintern tätschelt, während er das Mehl abwiegt, ohne dass irgendjemand allzu sehr protestiert, weil es kumpelhaft und freundlich daherkommt. Auch hier, in der Küche seines Restaurants, kriegt man nichts Nennenswertes vorgesetzt. Männer, die vorbeikommen und sich auf ihr Rezept konzentrieren, zu schüchtern, um sich von ihrer Sauce béarnaise zu lösen, zu ungeschickt, um außerhalb ihrer passierten Himbeeren etwas von sich zu geben. Gelegentlich geht dem Küchenchef ein zufällig anwesender Freund zur Hand, den der strahlende Glanz eines Sterns umgibt. Vielleicht kein attraktiver Brocken, aber er bringt immerhin etwas Abwechslung ins Spiel, und die Frauen scharwenzeln um ihn herum, zufriedenes Knistern, aber die Sache ist aussichtslos, ohne Morgen, ohne Zukunft, und das Lachen der Frauen, die später allein wieder von dannen ziehen, verliert sich in den Fluren und dem leeren Saal des Restaurants.

~ den Chor. Auffällig viele Singles im Chor. Aber es sind alles Rentner mit Rosazea im Gesicht, Männer und Frauen gemischt. Der Clan der Hornhautgetrübten, der Menopausiererinnen, der Gelenkversteiften und der plötzlichen Venenentzündungen. Lucie beschließt, noch ein paar Jahre zu warten, bevor sie zu ihnen zurückkehrt. Der Chorleiter hat einen Ohrring und kein Kinn und sieht aus wie eine Schildkröte, die von der Musik beflügelt wird. Mit gierigen Blicken verschlingt er sie, und sollte er ein Auge auf sie geworfen haben, dann deshalb, weil Lucie vermutlich die Einzige ist, die eine gemeinsame Zukunftsperspektive von mehr als zwanzig Jahren bietet. Sie vermeidet den Blickkontakt, verpasst ihre Einsätze und singt falsch. Es bringt nichts, dabeizubleiben.

~ Origami. Sie hat sich im Origamikurs eingeschrieben in der Annahme, es sei eher eine männliche Betätigung, Blätter zu falten, die Welt auf geometrische Formen zu reduzieren, aber sie kommt nur mit pickligen Jungs in Berührung, die sich für Eulen, Albatrosse und Krabben aus Papier begeistern.

~ den Literaturkreis der Mediathek. Keine Männer.

~ Zumba. Ein paar Männer, aber der Rhythmus der Tanzschritte lässt keine Blickwechsel zu, und die wahnsinnig schnelle Musik beschert ihr Herzklopfen.

~ den Malkurs. Keine Männer.

Nicht mal beim Bogenschießen, beim Tischtennis, beim Wanderverein. Nichts bei der Fotografie, beim Töpfern, bei der Einführung ins Jiu-Jitsu.

Sie verzichtet. Gibt auf. Resigniert. Schließt sich ein. Sucht nicht mehr, glaubt nicht mehr an diese vergeblichen Bemühungen. Sie wird nur noch rauchen, trinken, Drogen nehmen und alt und einsam sterben.

34
Die Liebe, die Enten und die Lauferei …

Jeden Morgen zwischen fünf und sechs, wenn es in der Stadt und im Umland hell wird, läuft sie.

Dumm gelaufen, ist der Spruch, der ihr Leben zurzeit am besten beschreibt, doch das will sie nicht auf sich sitzen lassen. Also läuft sie selbst. Sie ist noch nie gern gejoggt. Hat nie einen Sinn darin gesehen, ihre Beine gleichmäßig zu bewegen, und die Vibrationen lassen ihre Wange erzittern, aber sie überwindet sich, zwingt sich, ringt sich durch.

Sechs Runden um den See. Mit Enten, die sich kaum vom Ufer wegbewegen, wenn sie Lucie erblicken. Sie sind die einzigen Zeugen ihrer Lauferei, und ihr Geschnatter gibt Lucies Füßen den Rhythmus vor. Sie könnte stundenlang in ihrer Gesellschaft laufen. Könnte sich gar mit den Enten anfreunden, ihre liebste Kameradin werden, diejenige, die ihre täglichen Sorgen teilt, die uralte Angst vor dem Jäger, die Suche nach Nahrung, das Glätten der Federn. Ein perfektes Entlein mit einem Entengehirn, fähig, im sanften Windkräuseln des Wassers die vergängliche Schönheit der Welt zu erkennen, in den Wellen, ausgelöst von herabfallenden Blättern, die geräuschlos landen und auf die Spiegelung der Äste im Wasser treffen.

Ihr Ritual ist festgelegt. Sie kommt zum See, auch wenn es regnet. Sie trotzt den Unbilden der Witterung. Wird eine Mutter Courage, die sich aus ihrem Bett erhebt, egal, ob es windet oder schneit. Ob ihr Körper protestiert. Sie ignoriert sein Stöhnen und Klagen. Sie macht ihr Fahrrad am letzten Pfosten am Wegrand fest, so kann sie bei jeder Runde sehen, ob es noch angeschlossen ist. Ist ihre Runde zu Ende, dehnt sie sich und trinkt aus ihrer Plastikflasche, und es kommt ihr vor, als würde alles Endorphin, das sie ausgeschüttet hat, in ihrem Körper explodieren. Eine gewaltige Entladung. Sie könnte in lautes Lachen ausbrechen, also unterhält sie sich mit den Enten und erzählt ihnen, dass es heute gut gelaufen ist, dass sie in Form war, und bietet ihnen an, morgen wiederzukommen. Zur selben Zeit, an denselben Ort, auf denselben Weg.

Sie hat es niemandem erzählt. Annelyse wohnt praktisch nicht mehr in ihrer Wohnung. Vor über einem Monat hat sie ihre Sachen zu Jules gebracht. Sie ruft nicht mehr an. So sollten sich neue beste Freundinnen nicht benehmen. Neue beste Freundinnen halten zusammen und lassen von sich hören, auch wenn ihr Sexualleben wieder in Vollzeit läuft. Lucie ist das egal, sie hat Ersatz gefunden, Dutzende verständnisvoller Vögel.

Folglich läuft sie und vertraut den Enten ihre Enttäuschung an. Ihre wertlose Freundschaft. Und die Enten verstehen sie, denn das Entenleben besteht ebenfalls aus Prüfungen, die es zu bewältigen, Schmerzen, die es zu ertragen gilt.

Mittlerweile ist ihr das Gelände vertraut. Der kleine Hügel am Anfang und die erste große Kurve, die sich vom Ufer entfernt, wo sie ihre gefiederten Kameraden aus dem Blick verliert, dann die lange gerade Strecke, mit Federn übersät. Eine zweite Kurve, und der Weg wird enger, die Bäume stehen dichter beisammen, und sie muss sich zwischen den gekrümmten Ästen hindurchschlängeln. Ein heimtückisches Loch hinter einem gefällten Baum, verräterische Wagenspuren, klebriger Schlamm.

Eines Morgens, als sich der Nebel in kleinere Fetzen auflöst, die Feuchtigkeit auf den Grashalmen perlt und der Tag gerade anbricht, sieht sie einen anderen Menschen, der ebenfalls läuft, hundert Meter vor ihr, auf der geraden Strecke hinter dem Hügel. Ihr erster Reflex ist innerliches Toben. Jemand klaut ihr die innere Heiterkeit. Jemand dringt in ihre Intimsphäre ein. Die Gestalt löst sich auf und verschwimmt. Bisweilen suchen die Seelen der Jogger Orte heim, die sie zuvor erlaufen haben. Der See erschaudert nicht. Nichts lässt eine übernatürliche Gestalt erahnen.

Nach einer Runde hört sie Schritte hinter sich. Logisch. Sie läuft nicht sehr schnell. Sie einzuholen ist nicht schwer, das hier ist keine Olympiade, und sie dreht sich nicht um, um der Person, die sie überholen wird, zu gratulieren, und in der Tiefe ihres Herzens spürt sie plötzlich eine irre Hoffnung. Eine verrückte Hoffnung, die Hoffnung einer Wahnsinnigen: Romuald.

Er läuft hinter mir.

Er hat erfahren, dass sie jeden Morgen hierherkommt, zu ihrem gemeinsamen See, umgeben von ihren Enten. Er hat ihr Fahrrad entdeckt. Versucht sie einzuholen, ohne sich bemerkbar zu machen, um sie nicht zu erschrecken. Will sie überraschen, ihr eine Freude machen: Na so was, ich bin gerade gekommen, was für ein glücklicher Zufall, du auch? Wenn er sie eingeholt hat, wird er nicht viel sagen. Sie auch nicht. Es wird nicht nötig sein. Keine Worte. Nur der Rhythmus seiner Schritte, den er an meinen anpasst, ein Geständnis. Eine Liebeserklärung. Keine Gesten, keine Blicke. Zurückhaltung und Schweigen. Sie wird den Kopf gerade halten, er auch, und sie werden gemeinsam in die Kurve gehen und den kleinen Hügel erklimmen und dem Loch hinter dem Baumstamm ausweichen. Die Enten werden sie beobachten, erstaunt, sie mit diesem Mann zu sehen, den sie alsbald identifizieren werden.

Sind die sechs Runden vorbei, werden sie sich trennen. Er wird weggehen und immer noch kein Wort sagen, und am nächsten Tag wird er wiederkommen. Wird ohne Vorwarnung neben ihr auftauchen, zu ihr aufschließen. Sie wird auf seine Schritte, seinen Atem, seine Gestalt warten, und sie werden weiterlaufen, gemeinsam, vereint, und an den schmalen Stellen unterwegs wird er sie vorlassen, und ihre Ellbogen werden sich berühren. Wie die Geschichte ausgehen wird, kann niemand wissen, und vielleicht wird er ihre Hand nehmen oder sie stoppen und an einen Baum lehnen, um sie zu küssen. Wenn er dies täte, würde sie sich gehen lassen, den Rücken an der Rinde, die auf ihrer Haut Folterspuren hinterlassen wird, die er sodann mit dem Finger liebkost.

Das denkt sie, obwohl sie läuft, um den Kopf freizukriegen. Sie läuft, um alle möglichen Liebesgeschichten, die sie sich ausdenkt, aus ihrem Kopf zu vertreiben, und auch ihre Sehnsüchte, die so viel Raum einnehmen, die sie belasten. Sie läuft, um ihre Sehnsucht zu verscheuchen. Dieses krankhafte Bedürfnis, von dem sie sich nicht befreien kann, das sie nicht loslässt. Und die Person hinter ihr kommt näher. Es wäre nur gerecht, wenn es Romuald wäre.

Sie läuft langsamer.

Es ist eine Frau. Mit einem Pferdeschwanz, der auf und ab hüpft, mit rosa Socken und einem Kopfhörer auf den Ohren. Sie grüßt nicht. Und Lucie ignoriert sie. Und sie läuft weiter und hofft, dass diese Frau ihr nicht die Freundschaft zu den Enten streitig macht, die hinsichtlich ihres Gefühlslebens bekanntermaßen äußerst flatterhaft sind.

35

Die Liebe und alte Besen, die am besten kehren …

Sam. Der mit den Fotokopien an der Uni und von Adelines Fete. Den sie damals Rotschopf nannten, aufgrund der Farbe seiner Haare. Im ersten Jahr hatte er sich an alle Mädels rangemacht, aber keine wollte ihn haben, nicht einmal Coralie, die sich sonst nicht zierte. Sie hatten ihn Klette getauft. Sogar sein Blick blieb an einem kleben.

Vor einem Café wartet er auf Lucie mit Blumen in der Hand. Rote Rosen. Der Inbegriff der Leidenschaft. Ein Kavalier aus alten Zeiten. Er trägt eine Krawatte passend zum Blumenstrauß, und von seiner früheren Mähne ist nicht viel übrig. Ein paar Strähnen, die der Wind in seine Stirn drückt, und sie macht kehrt, bevor er sie sieht. Sie wird ihm eine SMS schicken im Stil von: Tut mir leid, Sam, tut mir furchtbar leid, aber ich wurde bei der Arbeit aufgehalten. Bis ganz bald am Telefon oder persönlich.

Und sie löscht ihn aus ihren Kontakten.

Und versenkt sich erneut in die Liste ehemaliger Freunde, die man verführen könnte. Alte Besen kehren gut, heißt es nicht so?

Sie hat ihr altes Adressbuch aufgehoben aus der Zeit,

als sie zwanzig war, jung und frei und die Männer noch zu verführen verstand. Auch wenn sie heute blass und farblos wirkt, ziemlich verbraucht, gab es doch eine Zeit, in der sie geglänzt hat. Sie hat diese Sorglosigkeit ausgestrahlt, die schön macht, mächtig und unendlich attraktiv. Sie erkennt die Mädels, die die Macht haben zu strahlen, mühelos, mit nichts als ihrem Lächeln. Sie sind sich der Vergänglichkeit dieser Macht nicht bewusst, ihres Schwindens im Laufe der Zeit.

Dank ihres Adressbüchleins trägt sie die Namen von Menschen zusammen, an die sie sich nicht einmal mehr erinnert, und stürzt zum Rechner. Im Internet findet sie ein gutes Dutzend von ihnen. Die meisten sind vergeben. Sie vergeudet ihre Zeit damit, schwammige Glückwünsche zu formulieren. Die Männer sind glücklich, und Lucie freut sich für sie, und wenn sie sie zu ihrer eigenen Situation befragen, bricht sie das Gespräch ab.

Étienne. Paf-the-car. Leicht aufzuspüren. Er hat kein Auto mehr und fährt Fahrrad. Hat einen athletischen Körper, breite Schultern, kräftige Arme und einen flachen Bauch, den er in einer Sporthalle in Form hält, isst ausgewogen und trinkt kein Bier. Bier macht dick, behauptet er. Er erzählt, dass er zwei Kinder hat. Zwei Mädchen, sie haben sein Leben verändert. Eine radikale Veränderung der Perspektiven.

Dank seiner Kinder, behauptet er, kreist er nicht mehr nur um seinen eigenen Bauchnabel, wie früher. Er bewegt sich Richtung Peripherie. Ist offen für die Welt. Eine Revolution seiner Gewohnheiten, seiner Lebensführung, seines Handelns. Nicht mehr auf seine eigenen Bedürfnisse ausgerichtet, sondern auf die seiner Töchterchen. Lucie hört ihm zu und äußert ihre Skepsis. Ausgehend vom Prinzip: Je mehr man darüber spricht, dass man sich verändert hat, desto weniger hat man sich verändert. Das gleiche Phänomen wie bei Peter, der vor dem Wolf warnt.

Ich habe mich verändert, ich bin nicht mehr derselbe. Ein Satz, mit dem man wie ein Ballon durchs Leben schweben kann, weil es ihm an heißer Luft nicht mangelt.

Sie will wissen, wen er von seiner angeblich spektakulären Veränderung überzeugen möchte. Er regt sich auf, nennt sie egoistisch und eine eingebildete Pute. Es ist Jahrzehnte her, seit sie zuletzt eingebildete Pute genannt wurde. Dann beendet er das Gespräch mit den Worten, auch Pascal würde demnächst Papa werden. Und deutet stillschweigend die Veränderungen an, die ihren Ex künftig erwarten.

Ja, sie besuchen dasselbe Fitnessstudio.

Pascal, den sie ziehen gelassen hatte, ohne Anstalten zu machen, ihn zurückzuhalten.

»Du hattest nicht gerade einen guten Einfluss auf ihn«, wirft er ihr an den Kopf.

Sie lacht und lässt ihn auf sein Rennrad für sportliche Vierzigjährige steigen.

Genieß es, würde sie am liebsten brüllen, genieß es, in ein paar Jahren wird deine Haut faltig sein, werden deine Knochen brüchig werden, sich deine Wirbel stauchen, und dein Bauchnabel, um den du nicht mehr kreist, wird dich zur Ordnung rufen.

Vincent Maccagne. Im letzten Jahr auf dem Gymnasium hat er inmitten einer Romeo-und-Julia-Aufführrung ihre Hand genommen. Für Lucie war das der Gipfel der Romantik. Sie hatten sich gierig auf der Toilette des Theaters geküsst, als wären sie kurz vorm Verhungern. Am nächsten Tag erfuhr sie, dass er eine Wette abgeschlossen und gewonnen hatte. Sie hatte ihm eine Ohrfeige verpasst. Sie ist nicht nachtragend. Er hinterlässt eine Nachricht und ist natürlich erfreut, von ihr zu hören. Er lebt getrennt, hat einen Sohn von sechs Jahren, gemeinsames Sorgerecht, und nein, er hat keine Freundin, keine Geliebte. Die Liebe ist nicht leicht zu finden, und sie könnte ihn sich schnappen, denn es entsteht zu keinem Zeitpunkt der Eindruck, dass er um seinen eigenen Bauchnabel kreist wie Paf-the-car. Sie könnte ihn sich schnappen, und sie würde ihn sich gern schnappen, aber er lebt in Straßburg. Am anderen Ende Frankreichs.

Sie schreiben sich ein bisschen, wunderschöne Liebeserklärungen, ganze Sätze, intensiv, mit Sinn erfüllt, dann vergisst sie, ihm zu antworten, und er vergisst es auch.

Sie denkt an Maxime Atias. Den Jungen mit der intensivsten Sonnenbräune in Gottes Schöpfung. Ein Zottelkopf mit dichtem Haar, hatte mit dreizehn fast schon einen Bart. Beim Laufen stellte er alle in den Schatten, sogar die Schüler aus der Neunten und die Aufsichtsführenden, die ihn herausforderten. Sie machte für ihn die Französisch-Hausaufgaben, im Schulflur, nur um neben ihm sitzen und aus nächster Nähe seine langen mädchenhaften Wimpern betrachten zu können. Kann man dem Jungen, den man liebt, anvertrauen: Du hast Wimpern wie ein Mädchen, ohne dass er die Beine in die Hand nimmt, was ja seine Spezialität war? Sie rechnete damit, dass seine sportlichen Leistungen auf dem Bildschirm auftauchten, sobald sie seinen Namen bei Google eingab, aber sie fand nur *einen* Maxime Atias, Assistent der Geschäftsleitung in Bron. Bei Lyon. Es ist dasselbe Foto wie bei Facebook, und er zeigt sich mit einem Kind, das exakt dieselben Wimpern hat wie er. Sie starrt den ganzen Abend auf dieses Foto. Die Erregung von einst kehrt zurück. Eine wahre Zeitreise. Doch sie schlägt es sich aus dem Kopf. Bron ist zu weit weg, desgleichen seine Jugend.

Sie klappt das Büchlein zu. Man muss auch einen Schlussstrich ziehen können.

36

Die Liebe und die Sache mit der biologischen Uhr …

An einem Samstagmorgen, als der Küchentisch vor unkorrigierten Heften nur so überquillt, taucht unangemeldet ihre Mutter auf. Der Linoleumboden klebt an den Füßen. Am Abend zuvor hatte Lucie ihre Müslischüssel umgeworfen und den Inhalt nicht richtig aufgewischt. In Fällen wie diesem wäre ein Hund hilfreich. Besser als ein Putzlappen, ein Hund mit seiner breiten, rauen Zunge. Sie sollte wahrhaftig ein Haustier in Erwägung ziehen.

Ihre Mutter sieht aus, als hätte sie einen ihrer schlechten Tage, mit dem Gesichtsausdruck eines Piraten, der ein Schiff entern will und sich einen feuchten Kehricht um die Mitglieder seiner Mannschaft schert, die er dafür opfern muss. Sie schleicht nicht um den heißen Brei herum. Geht sofort zum Angriff über. Sie macht sich Sorgen um Lucie, der nicht klar zu sein scheint, dass die Zeit verstreicht. Fast wird sie zur Dichterin, ihre Mutter.

»Bald bist du eine vertrocknete Frau«, sagt sie.

»Vertrocknet?«, fragt Lucie.

»Die Kinder bringt nicht der Klapperstorch«, ist die Antwort.

Lucie erwartet jetzt eine Aufzählung aller Ängste hinsichtlich der biologischen Uhr und ihres vorprogrammierten Verfallsdatums. Die ganzen Argumente, die ihre Mutter in Frauenzeitschriften aufgeschnappt hat, die vor Fallbeispielen nur so wimmeln. Frauen, die einen großen Teil ihres Lebens in unfruchtbaren Beziehungen vergeudet haben und im Alter von über vierzig Jahren mit verschrumpelten Eierstöcken und allein zurückbleiben. Allein und ohne Kinder. Ohne Bälger. Ohne Gören. Als wäre es der Zweck eines Lebens, Kinder zu bekommen. Die einen verändern. Zur Peripherie drängen. Die einen innerlich verändern und vom eigenen Bauchnabel wegholen, wie der Typ neulich meinte.

Aber nichts dergleichen, ihre Mutter setzt sich an den Tisch mit der angeschlagenen Tasse in der Hand, die Lucie bei ihrem Lieblingströdler aufgestöbert hat, der nicht danach trachtet, ihr Kinder zu machen, und der in ihr schlichtweg eine Kundin sieht. Sie versenkt ihre Nase hinein und schweigt. Es kommt nichts. Nur Stille.

»Du hast ja recht, Mama, aber um Kinder zu bekommen, bräuchte ich einen Mann«, brummt Lucie schließlich.

»Du hast ja recht, Lucie, aber um Kinder zu bekommen, müsstest du erst mal welche wollen«, murmelt sie.

»Du gehst das Problem von der falschen Seite an.«

»Ich packe das Problem an der Wurzel.«

»Ich will ja Kinder!«

»Du willst ja Kinder?«

»Ich will jede Menge Kinder. Ich werde eine Kinderaufzuchtstation ins Leben rufen! Kinder überall, Blonde,

Dunkelhaarige, Rotschöpfe. Plärrende, rotznasige, nach Pisse stinkende, krabbelnde Kinder mit Ekzemen, mit Schuppenflechte, mit Asthma, Schreihälse, quengelnde Bälger. Kinder, die ich dir am Wochenende oder in den Ferien aufs Auge drücken werde, und du wärst davon überhaupt nicht begeistert, du würdest sie unausstehlich und klebrig finden. Und schlecht erzogen. Und dreckig. Ich kenne dich, du würdest die ganze Zeit an ihnen herumnörgeln.«

Ihre Mutter zuckt mit den Schultern.

»Mit dir kann man keine konstruktive Unterhaltung führen.«

»Ganz im Gegenteil, ich meine es ernst. Ich werde das Versäumte nachholen, einen Haufen Kinder in die Welt setzen, Zwillinge, Drillinge. Mit den Hormonen, die man angesichts meines fortgeschrittenen Alters in mich hineinstopfen wird, damit ich mich fortpflanzen kann, wird es Schlag auf Schlag gehen, Mama. Mach dir um mich keine Sorgen.«

Sie seufzt.

Lucie fährt fort: »Und außerdem gibt es nichts Besseres als Kinder mit alten Eltern. Bald werden meine Bälger mir die Windeln wechseln. Geh zu Bett, Mama, werden sie zu mir sagen. Nimm die Beine hoch, und sie werden eine Windel unter den Po der alten Inkontinenten schieben. Sie werden mich einpudern, und wenn ich mich aufgrund vorzeitiger Senilität in meiner Straße verlaufe, werden sie mich auf dem Revier abholen. Du hast recht, Mama. Ich sollte mich beeilen, welche in die Welt zu setzen.«

Ihre Mutter schaut sie an, und Lucie schweigt. Das unregelmäßige Tropfen des undichten Wasserhahns erfüllt die Küche, und es klingt wie das langsame Auslaufen ihrer inneren Uhr.

»Ich habe mit meiner Nachbarin gesprochen.«

»Deine Nachbarin ist mir komplett egal.«

»Mit meiner Nachbarin, Madame Bello. Du weißt ja, wie geschwätzig sie ist, sie könnte dir stundenlang von ihrem Leben erzählen. Und neulich sehe ich sie durch das Loch in der Hecke, das dein Vater nicht gestopft kriegt. Sie ist mit ihrer viel zu schweren Heckenschere bewaffnet, grüßt, und ich lade sie auf eine Tasse Tee zu mir ein.«

Lucie steht auf und beginnt kommentarlos, die Hefte ihrer Schüler zusammenzusammeln, damit ihre Mutter begreift, dass sie nach Hause gehen sollte, zu ihrem Mann, ihrer Nachbarin, ihrem Loch in der Hecke.

»Und da erzählt sie mir von ihrem Sohn. Du kennst doch ihren Sohn, oder?«

»Nein.«

»Ihren Sohn Yann, der Ingenieur ist.«

»Nein.«

»Sie erzählt mir, dass ihr Sohn Yann wieder in Frankreich ist. Vorher war er in Kanada, und er ist frisch geschieden. Sie hat mir auch noch Fotos von ihm gezeigt, und er sieht gut aus, dieser Yann, verstehst du, ein großer Mann, wie du sie gern magst.«

Nicolas' Heft fällt zu Boden. In der Schule nennt Lucie ihn: Den kleinen Nick, und das gefällt ihm, darüber muss er lachen. Sie kann die Kinder zum Lachen bringen. Die der anderen.

»Er wird dich anrufen, der Sohn der Bellos. Ich habe ihr deine Nummer gegeben und die Situation erklärt. Du gehst mit ihm was trinken, zeigst ihm die Stadt. Ganz unverbindlich, das ist noch kein Heiratsversprechen.«

»Ich werde nicht rangehen!«

Sie steht auch auf und sagt, ohne die Stimme zu erheben: »Natürlich gehst du ran. Das Telefon wird klingeln, du wirst einen Moment zögern, weil es ein Plan ist, den deine Mutter ausgeheckt hat, und du wirst denken, wir leben doch nicht mehr im 19. Jahrhundert mit arrangierten Ehen, Anstandsdamen und allem Drum und Dran. Du wirst denken, dass du es alleine hinkriegst, dass du mich nicht brauchst, um einen Mann zu finden, aber das stimmt nicht. Du weißt nicht mehr, wie du es anstellen sollst. Du hast die einschlägigen Codes vergessen, Lucie. Deine Gebrauchsanweisung ist veraltet, überholt, nicht mehr zu gebrauchen. Sollte Yann Bello anrufen, sollte er sich die Mühe machen, dich zu kontaktieren, gehst du ran und gibst ihm eine Chance. Eine letzte Chance. Bevor du im Kloster endest.«

»Nicht ums Verrecken! Lieber krepieren!«, entfährt es Lucie.

37

Die Liebe, nicht ums Verrecken …

Das erste Mal küsst er sie auf dem Pont Saint-Pierre, bei Sonnenuntergang, als die Garonne sich rosa färbt und der Luftzug der vorbeifahrenden Autos ihnen die Haare zerzaust. Sie hat Yanns Arm um die Taille. Den Kopf leicht nach hinten gelegt. Ein Bein angewinkelt. Einen Rock, der vom Wind hochgewirbelt wird.

Es wäre ein schönes Fotomotiv, in Schwarz-Weiß oder im leichten Sepiaton.

Die absurde romantische Note dieses Augenblicks ist von genialer Ironie, und sie hat ihn vorgewarnt, den guten Yann, diese Bohnenstange mit dem leicht kanadischen Akzent: Er braucht ihr keinen Honig um den Bart zu schmieren. Er kann sich seinen Speichel sparen.

Sie war bereit, ihn zu treffen, um ihrer Mutter eine Freude zu machen. Aber kein unnützes Geschwätz, keine langen Einleitungen, kein Eintauchen in die Vergangenheit. Sie wollte nicht zum hundertsten Mal in ihrem Leben die ergreifende Beschreibung einer Trennung hören. Alle trennen sich, früher oder später. Alle leiden. Alle haben ein gebrochenes Herz, eine geschundene Seele und die Verzweiflung klebt wie ein Etikett auf ihrer Stirn. Verlassene Männer brechen zusammen, einsame Frauen weinen, sitzen gelassene Männer kollabieren, zurückgelassene Frauen verblühen.

Er hat es kommentarlos hingenommen, als wäre es normal. Sie haben sich über das Kino, Tischtennis, Hunderassen, Wanderungen, die Haute Couture, Indianerreservate, die Politik, den Laufsport, Atomkraftwerke und die Kernspaltung, Tschernobyl und Fukushima unterhalten.

Das zweite Mal küsst er sie beim Verlassen des Restaurants, nachdem er zur Verdauung einen Apfelschnaps getrunken hat, dessen Geschmack in seinem Mund noch nachwirkt. Ihr ist bewusst, dass nichts in ihrem Verhalten, in ihren Worten ihn zu einem Kuss eingeladen hat. Ganz im Gegenteil. Sie hat sich anständig benommen. Aufrecht auf ihrem Stuhl gesessen. Ist nüchtern geblieben. Nur Gläser mit langweiligem Wasser ohne Kohlensäure.

Keine Lust, Leerräume zu füllen.

Sie hat zudem ein sachliches Gespräch geführt, ohne allzu viel Blödsinn zu reden, ohne zu laut zu lachen. Und doch drückt er sie an sich und berührt dabei ihre Brüste, und als er sein Bein zwischen ihre Beine schiebt, um bis zu ihrer Muschi vorzudringen, ist sie überrascht.

Sie weist ihn nicht ab.

Das dritte Mal küsst er sie im Aufzug. Sie sind auf dem Weg nach oben zu dem Zimmer, das er reserviert hat. Ein alter Fahrstuhl mit Eisentüren, die quietschend aufgehen. Ihre Fahrt in die oberen Etagen vollzieht sich in einer ganzen Flut an Quietschlauten. Das gesamte Bauwerk protestiert. Lucie klammert sich an Yanns Arm, die Reaktion eines Mädchens, das die Brutalität der Welt in

Schrecken versetzt, und er beugt sich zu ihr herunter und küsst sie, als wäre es ganz normal.

Er ist sehr groß, darum muss er sich bücken, aber es ist eine nette Geste, eine Art Verneigung. Seine Lippen sind kalt, sodass sie fast zusammenzuckt. Auch auf der Brücke war sie überrascht gewesen. Er hatte sie nicht vorgewarnt, hatte sie nur gepackt und ihren Mund in seinen genommen. Ihr waren vor allem die Vibrationen des Bauwerks aufgefallen, wenn Autos darüberfuhren, die Farbe des Himmels und das langsame Fließen des Stroms, der nicht zum ersten Mal unbeholfene Küsse mit ansah und sich davon nicht im Geringsten beeindrucken ließ. Schon legt er seine Hand in ihren Nacken. Sie protestiert nicht. Hat beschlossen, nie mehr zurückzuweichen. Lässt ihn gewähren, und sie merkt, dass der Fahrstuhl weiter steigt, die Erde nicht aufgehört hat, sich zu drehen.

Sie empfindet nicht viel. Keine Offenbarung, keine Krämpfe. Keine verliebte Euphorie, keine Erregung der Schleimhäute. Weder Transzendenz noch Magie. Eine Abfolge verschiedener Bewegungen.

Sie versucht es.

Mit aller Kraft. Zu erschaudern, zu erzittern und in der Vermischung ihres Speichels Vergnügen zu empfinden. Doch sie wankt nur im Rhythmus des Fahrstuhlmotors, und oben wird sie ihm sagen, dass es nicht geht, ganz sicher. Sie wird ehrlich sein. Aber sie muss die Zeit des Hochfahrens überstehen und Yanns Hand, die sich jetzt an ihrem Rücken zu schaffen macht, an ihrem Po, und sie gibt einen Seufzer von sich.

Der fleckige Spiegel wirft ihr blasses Spiegelbild zurück, das im Neonlicht noch bleicher wirkt. Der Kopf einer Mumie. Der nichts Verführerisches an sich hat. Sie könnte ihm jetzt einen Angstanfall vorspielen. Eine Szene mit Zuckungen und Tränen und Schreien, um ihm einen Schrecken einzujagen. Damit ihm klar wird, wie sehr er sich getäuscht hat, und damit er auf der Stelle seine Mutter anruft und sich dafür bedankt, dass sie ihm die Telefonnummer einer Hysterikerin angedreht hat.

Anfangs sollte es nur ein kurzes Treffen werden. Das Prinzip kurzer Treffen ist, dass sie nicht von langer Dauer sind. Sie ist jetzt schon seit dem frühen Morgen mit ihm zusammen. Er redet viel, mag keine Pausen im Gespräch.

Die Türen gehen auf, und er zieht sie ins Zimmer, und sie fängt an, sich zu entschuldigen.

»Entschuldige, aber das geht nicht, wir machen einen Fehler«, sagt sie.

Er hört ihr nicht zu, hat seine Nase in ihrem Nacken, was nicht unangenehm ist. Und da fragt er schon: »Ist dir das unangenehm?«

»Nein, überhaupt nicht.«

»Tja«, sagt er, »dann gibt es keinen Grund jetzt aufzuhören.«

Er kramt in seiner Hosentasche und findet den Hotelschlüssel. Das Hotel ist noch älter als der Fahrstuhl, mit dicken Schlüsseln aus Metall und einem Schlüsselanhänger, der die Form einer Glocke hat, aus Holz, mit eingebrannter Nummer. Das Bett wird knarren. Der Wasserhahn in der Dusche wird undicht sein, die Vorhänge werden nach Staub und abgestandener Luft riechen, und der Teppich wird schäbig und zerschlissen sein.

Er macht auf, und während er einen Schritt zur Seite geht, um sie durchzulassen, sieht er Lucie an und sagt, dass sie doch nur Spaß haben wollen, reines Vergnügen, dass sie nicht die Frau seines Lebens ist und er nicht der Mann ihres Lebens und dass der Abend daher perfekt ist und sie ihn nutzen sollten.

Und er küsst sie zum vierten Mal. Der Rest ist Privatsache.

38

Die Liebe, die wahre …

Sie findet das Briefchen. Ein kleiner Zettel, zweimal gefaltet, und als sie ihn auseinanderfaltet, fällt das Blütenblatt einer Rose heraus. Sofort denkt sie, das ist das wunderbarste, das schönste, das naivste Geschenk, das man ihr je gemacht hat. Der Inhalt der Nachricht deckt sich exakt mit ihren Erwartungen.

Seit einiger Zeit machen sich Herzen, die mit der Wellenschere ausgeschnitten wurden, auf ihrem Lehrerpult breit. In allen Farben, allen Größen, und sie hat angenommen, es seien die Kinder gewesen, die sich zwischen zwölf und zwei damit vergnügt hatten, ihr Klassenzimmer zu schmücken. Doch dann hat das kleine Geschenk, das den Weg in ihr Fach im Lehrerzimmer gefunden hatte, ohne dass eine Kollegin dort Kinder gesehen hätte, sie Verdacht schöpfen lassen. Ein wahres Zauberkunststück, ein kleiner Houdini. Er ist durch die Maschen im Netz der Aufsichtsführenden geschlüpft, hat den Moment abgepasst, in dem sich das Zimmer geleert hat, hat sich getraut, ihr Fach zu öffnen, um sein Päckchen dort abzulegen. Ein Armband, aus bunten Gummibändern geflochten, wie es derzeit Mode ist, eingewickelt in goldenes Papier.

Eine anonyme Gabe. Eine wahre Opfergabe.

Lucie hat es nicht getragen.

Solche Liebhaber sollte man keinesfalls ermuntern. Trotzdem war es ein herrliches Schmuckstück.

Das Briefchen steckt in ihrem Terminkalender, und wenn sie ihn aufschlägt, um einen Termin beim Zahnarzt einzutragen, weil sich ihr hinterster Backenzahn lockert, fällt es heraus, was sie nicht gleich merkt.

Es ist ein Liebesbriefchen.

Ein einziger langer Satz, dem die fehlende Interpunktion nichts von seinem Elan rauben kann, mit eigenwilliger Orthografie, etwas ungelenker Schrift und einer Wortstreichung in der Mitte. Das Wort »ewig«. Durchgestrichen, zugekritzelt, ausgelöscht, da die Ewigkeit trotz allem eine verflixte Entscheidung ist. Ersetzt durch »für immer«, das Äquivalent für die Ewigkeit, nur weniger hochtrabend. Schwarze Tinte. Das Blatt wurde aus einem Heft gerissen, wie der ungleichmäßig gezackte Rand verrät.

Die Suche beginnt in ihrer Klasse. Lucie lässt den Blick über die ganze Kinderschar schweifen und kann auf Anhieb eine große Zahl ausschließen. Jungs, die sich mehr für Fußball interessieren als für die Liebe, was im Alter von zehn Jahren nur natürlich erscheint. Bleiben zwei Möglichkeiten. Der kleine Nathan, der ihr nie in die Augen schaut und rot anläuft, wenn sie ihn etwas fragt, und Jordan, der Große ganz vorne, der nicht daran denkt, seine Mütze abzunehmen. Seine Mutter hat beim letzten Elterngespräch erzählt, dass er seine Lehrerin vergöttert, sie in den Himmel hebt und man seit Jahresbeginn bei ihnen zu Hause nur noch den Namen Lucie hört. Woraufhin Letztere erwidert hatte, sie hoffe, es sei nur in Verbindung mit Fachlichem. Jordans Mutter hatte allerdings nicht gelacht.

Das Terrain lässt sich nicht so leicht sondieren. Wie soll sie herauskriegen, ob einer der beiden der Verfasser dieser Zeilen ist? Lucie stellt sich in ihre Nähe und sieht sie eindringlich an. Keiner der beiden Jungen reagiert. Sie befragt Samia und Johanna, bei denen alle Informationen zusammenlaufen, die alle Gerüchte kennen und sich als wahre Auskunftei erweisen, und erfährt bei der Gelegenheit ein paar verblüffende Dinge über Paare, die sich gebildet haben, Paare, die sich getrennt haben, Hintergehungen, Fälle von Untreue, die Dramen der Klasse, und kein Mensch, kein Mensch kann sich vorstellen, was für eine wichtige Rolle die Liebe im Leben eines zehnjährigen Kindes spielen kann.

Jordan scheint mit Emmy zusammen zu sein, die in Carines Klasse geht.

Nathan ist als aktiver Liebhaber bisher nicht in Erscheinung getreten. Sein Kuscheltier nimmt noch einen sehr zentralen Platz in seinem Leben ein. Lucie streicht ihn von der Liste, und die Sache wird nur noch mysteriöser, als sie in ihrer Manteltasche eine Blume findet, eine Margerite. Mit abgezupften Blättern und nur einem verbliebenen Blütenblatt. Ich lieb dich, ich lieb dich nicht. Vor den erstaunten Augen der Klasse wirft sie den Stängel mit theatralischer Geste in den Mülleimer.

Und dann klemmt an einem Freitagabend zwischen den Speichen ihres Fahrrads eine weitere Nachricht, und lustigerweise hat Pascal genau das vor vielen Jahren gemacht, um sie einzuladen, und Lucie bleibt unter dem Fahrraddach stehen und betrachtet den gefalteten Zettel, macht mit ihrem Handy ein Foto davon als Souvenir. Sie ist die Frau, der man Liebeserklärungen über den Umweg eines Fahrradreifens macht.

Derselbe Satz, ohne Streichung, der Inhalt ist jetzt schon gut eingeübt und die Botschaft klar.

Ich traue mich nicht es dir zu sagen aber es stimmt ich liebe dich für immer Madame.

Jetzt darf ihr die Beute nicht mehr entwischen.

Darf sich keine Hoffnungen machen wider die Natur, und Lucie bringt ihren Satz vor der versammelten Klasse vor: Kinder verlieben sich nicht in Erwachsene, und Erwachsene verlieben sich nicht in Kinder, so, dass das klar ist! Achtundzwanzig verdutzte Augenpaare starren sie an.

Am Abend bei der Hausaufgabenbetreuung macht sie ihn endlich ausfindig. Einen kleinen Jungen, den der Lehrkörper zwei Klassen hat überspringen lassen. Einen Jungen, der schon im Kindergarten lesen und zählen konnte und den die Familie als Genie präsentiert hat. Seinem Alter in allem voraus. Er sitzt auf einem Stuhl, der zu groß für ihn ist, seine Füße reichen nicht bis zum Boden, mit der Füllerkappe im Mund starrt er Lucie mit großen Augen an. Endlich macht es klick. Sein Blick, der sie verschlingt. Zwei kurzsichtige schwarze Kugeln hinter Brillengläsern. Es ist kein Zweifel möglich. Er starrt sie derart durchdringend an, und sie macht sich Vorwürfe, dass sie nicht früher an ihn gedacht hat. Es stimmt ja, sie betreut ihn schon seit Beginn des Schuljahres, hilft ihm, bindet ihm die Schuhe zu, zieht ihm bei Schulschluss den Reißverschluss der Jacke hoch. Er wirkt so zerbrechlich.

Als es klingelt, lässt sie die anderen Schüler gehen und hält Boris zurück. Er bleibt an seinem Tisch sitzen. Sie setzt sich neben ihn, und er ist wirklich klein, winzig klein, ganz süß, und seine Augen sind stille, weite Täler, in denen sie sich verlieren könnte, und er wird später mal ein schöner Mann sein, dieser Boris, bei diesem Blick. Ein ernster Mann, ein netter, lustiger, anziehender, verführerischer Mann.

Sie beginnt zu erklären. Sie sei zu alt, und er habe noch viel Zeit, sich zu verlieben und mit einem Mädchen in seinem Alter schöne Erlebnisse zu haben, aber nicht sofort, nicht jetzt, denn das Wichtigste ist, dass er gut in der Schule mitarbeitet, auf seine Eltern hört und eine glückliche Kindheit hat. Er lässt sie reden, ohne sie zu unterbrechen, am Ende steht er auf und sagt: Aber wenn ich einmal alt bin, bist du auch alt, und dann ist es möglich. Und geht hinaus.

Und Lucie lächelt über Einsteins Relativitätstheorie und ihre vielen Anwendungsmöglichkeiten in Sachen Liebe.

39
Romuald

Sie streiten sich nicht ernsthaft. Lucie ist nur verstimmt. Sie raucht und stößt den Rauch aus wie eine altmodische Lokomotive, durch die Nase, und sie weiß, wie unschön er das findet. Zugegeben, es sieht auch nicht schön aus, wenn eine Frau durch die Nase schnaubt. Sie übertreibt absichtlich. Um ihn zu ärgern. Damit er sich aufrichtet, reagiert und ihr gründlich die Meinung sagt.

Yann und sie sitzen in einem Straßencafé. Er hat ihr gerade die Neuigkeit verkündet und schaut auf die Uhr, als wolle er zählen, wie oft die Zeiger kreisen. Sein ausgestrecktes Bein zwingt die Passanten zu einem Umweg, und sie findet diese Dreistigkeit unglaublich. Er benimmt sich so, als gehöre ihm alles. Das hat er sich übrigens auch ihr gegenüber angewöhnt. Er ruft oft an, lädt sie zu einem Drink oder zum Essen ein, und sie akzeptiert jede Einladung, es ist nichts anderes als dieses Bein auf dem Bürgersteig, eine Selbstverständlichkeit, die in die Landschaft gehört und die man hinnehmen muss. Drübersteigen, sie bezwingen. Schöne Beine hat er übrigens, muskulöse Waden, kräftige Fußgelenke. Das muss sie zugeben. Seine Beine sind toll. Genau wie seine Arme und seine Art, sie damit festzuhalten und an sich zu drücken. Sie hat ihn mehrmals gewähren lassen und ihn gewarnt: »Finde bloß keinen Gefallen daran, mein Lieber, es geht mir nur darum, dass wir uns ein bisschen Gesellschaft leisten.«

»Ja«, sagt er und zieht sie aufs Bett, das sich auf dem Zwischengeschoss seiner winzigen Einzimmerwohnung in der Rue de la Colombette befindet, die dunkel und eng ist, nicht viel größer als ein Taschentuch. Leisten wir uns Gesellschaft.

Sie bleibt nicht über Nacht, sie fährt nach Hause, auf ihrem Fahrrad, die Nase vom Fahrtwind gerötet, und so hat sie sich ihre Liebesaffäre nicht vorgestellt, und sie beschränkt sich darauf, in die Pedale zu treten, geradeaus zu schauen und den Autos auszuweichen.

Er hat das Treffen vorgeschlagen, und sie hat schon bei ihrer Ankunft gespürt, dass er nervös ist. Sie hat ihm nicht geholfen. Er hat nicht allzu lange gewartet. Also, er wird seine Einzimmerwohnung aufgeben, die zu klein, zu unpraktisch ist, und sich eine feste Bleibe suchen. Hier in der Gegend. Weil seine Eltern nicht weit weg wohnen, wäre das praktisch, und er wird eine Maisonettewohnung mieten. Mit einem kleinen Garten, einem schönen Wohnzimmer, einer Garage und zwei Schlafzimmern im Obergeschoss. Für seine Kinder, die bald nachkommen werden, um bei ihm zu leben.

Er hat zwei Kinder.

Ohne nachzudenken, ohne diplomatischere Wege zu erwägen, platzt es aus Lucie heraus: »Auf keinen Fall stellst du mich ihnen vor, sagst meinen Namen in ihrer Gegenwart, du erwähnst mich nicht, und ich will nicht einmal wissen, ob es Mädchen sind, Jungen oder Rentiere. Für sie existiere ich nicht, übrigens existiere ich auch nicht für dich, ich bin ein Phantom, ein Geist, ein Hirngespinst!«

Er hat nicht geantwortet. Hat sich nur noch mehr breitgemacht, ein Glas Wasser bestellt und wartet ab.

Es könnte ein Streit werden.

Diese heimtückische Wut, ein Schwelbrand, der in aller Stille vonstattengeht, kein Lebenszeichen von sich gibt und auf den geeigneten Moment wartet, bevor er um sich greift und die Erdoberfläche verwüstet. Aber sie kennt ihn allmählich, diesen Mann. Sie weiß, dass er ihre Beschwerden nicht beachtet. Dass ihre Worte Staub für ihn sind, den man wegfegt.

Er hat sein Bein auf dem Bürgersteig ausgestreckt. Die Leute müssen damit leben. Und Lucie überlegt, dass sie seinen Kindern sicherlich irgendwann ein Küsschen auf die Wange drücken wird, und falls sie ihn weiterhin trifft, sollte sie eines Tages vernünftig reagieren.

Falls sie ihn weiterhin trifft.

Auf Dauer. Auf lange Sicht. In der Perspektive einer sich anschließenden Beziehung, und sie könnte zig Übersichtstabellen mit zwei Spalten erstellen, um das Für und Wider abzuwägen. Die Vor- und Nachteile einer Beziehung zu Yann. Alle Vergleiche sind nutzlos. Sie weiß es nicht.

Sie stellt sich vor, wie sie mit einer Schürze und einem Holzlöffel in der Hand in diesem Häuschen steht und eine Mousse au Chocolat anrührt. Der Inbegriff des Familienlebens, die Schokoladenmousse, inmitten der Kids, die darauf lauern, den Löffel ablecken zu dürfen, und Yann, der glückliche Vater, und sie, die glückliche Mutter, und sie würde am liebsten aufstehen, an den Tisch treten, den Sonnenschirm und die Stühle umwerfen, schreien, dass sie es nicht weiß. Ob sie es will. Dieses Leben. Und in dem Moment, als der Drang, alles kaputt zu schlagen, dieses Straßencafé zu verwüsten, zu Kleinholz zu verarbeiten, sie erfasst hat, sieht sie Romuald.

Auf dem gegenüberliegenden Bürgersteig.

Den Romuald ihrer Geschichte, der wie ein U-Boot durch ihr Leben fährt, um auf- und wieder abzutauchen.

Er geht langsam. Lucie macht den Mund auf, will nach ihm rufen, und es kommt ihr vor, als würden alle Gefühle, die er in ihr auslöst, in ihr Herz schießen. Dann sieht sie, dass er die Hand einer Frau hält. Lucie kann ihr Gesicht nicht gut erkennen, aber Adeline ist es nicht. Eine hübsche Brünette. Die ihm etwas ins Ohr flüstert und lacht, und Romuald antwortet, und sie gehen zusammen weiter, eng aneinandergelehnt, derselbe Gang, derselbe Rhythmus.

Es ist so logisch, dass sie ihm nicht einmal ein Zeichen macht, damit er sie sieht. Sie lässt ihn wenige Meter entfernt vorübergehen. Er soll nur verschwinden. Mit einer anderen. Und als er in ihre Richtung schaut, dreht sie sich weg, und vielleicht sieht er sie. Vielleicht nimmt auch er wahr, dass sie auf seiner Route am Wegesrand steht. Ein Kilometerstein, ein verwitterter Orientierungspunkt, an dem man ständig vorbeikommt und der nichts Besonderes mehr hat. Vielleicht will auch er nach ihr rufen und entdeckt dann Yann. Also schweigt er und nimmt Abstand davon, und als sie erneut hinschaut, ist er weg, und

Yann zieht sein Bein an und berührt ihre Wange, und er fragt sie, ob sie schmollt.

»Nein«, sagt sie. »Ich schmolle nicht.«

Und sie küsst ihn, um ihn zu beruhigen und sich über dieses Leben hinwegzutrösten, das immer wieder Erschütterungen mit sich bringt, einen aus der Bahn wirft, umhaut, verwirrt und überrascht, traurig macht und auch fröhlich.

40

Die Liebe im Besonderen …

Eine redet zu laut und lacht zu laut und trinkt zu viel und redet über alle Schwänze, die ihr im Leben begegnet sind – die kleinen, die pausbäckigen, die zu langen, zu zarten, zu schlaffen, unfähig, ihr Befriedigung zu verschaffen – eine döst nach einer Weile weg und fällt beim Essen oder auf der Tanzfläche oder bei der Familienfeier um, und man bringt sie nach Hause, und sie ist still und wie betäubt. Als würde es ihr den Rest geben, wenn man zu viel über diese Sachen, diese Dinger redet.

Eine räumt alles auf. Die Blusen hängen im Schrank, die Hosen sind gebügelt, die Schuhe stehen in einer Reihe, dasselbe in der Küche, Messer und Gabeln sortiert, und nichts sticht heraus in dieser kontrollierten Welt, in der alles zueinanderpasst, nicht einmal der Hundenapf oder die Katzenstreu oder die Vogeltränke, weil jedes Ding an seinem Platz ist und es für jedes Ding einen Platz gibt.

Eine schneidet sich die Haare und sieht aus wie ein Mann, spricht wie ein Mann und sieht in allen Männern Fremde.

Eine lässt sich die Haare wachsen, sieht aus wie eine Frau, spricht wie eine Frau und sieht in allen Männern Fremde.

Eine übertreibt es mit ihren Haaren so sehr, dass sie ihr büschelweise ausfallen, und die Farben, die sie aufträgt, um ihre weißen Strähnen zu überdecken, halten nicht und lassen ihre Spitzen vertrocknen, also verweigert sie sich dem Kampf, lässt sich vom glanzlosen Grau überziehen, steht zu ihrer Schwäche und wird in null Komma nichts krumm werden und welken.

Eine hat faltige Hände, unerträglich sind diese Hände einer alten Frau, und sie schmiert sie den ganzen Tag mit Hautcreme ein, mit einem norwegischen Produkt, mit indischer Melasse, und reibt die Handflächen aneinander und verströmt einen unangenehmen Geruch, der die Nase reizt, und darum schließt sie sich ein und knallt sich vor die Glotze und findet keinen Partner und keinen Mann zum Lieben.

Eine sieht fern. Schaut sich alle Sendungen an und heult, wenn sich die Leute lieben, und heult, wenn sich die Leute zerfleischen, und heult über die Grausamkeit und heult über die Freundschaft, und diese emotionale Bandbreite beruhigt sie, weil sie ihr zeigt, dass sie noch Gefühle empfinden kann.

Eine nährt noch Hoffnungen und macht ständig Party. Geht zu Feten, Discoabenden, Tanzveranstaltungen mit Musik aus den Achtzigern. Mit ihren Freundinnen, ihren Kolleginnen, ihrer Großcousine, ihrer Schwester und sogar ihrer Mutter, wenn sie kann, egal wer, Hauptsache, sie ist nicht allein. Und an all diesen Abenden wartet sie, rechnet und hält Ausschau, ohne sich geschlagen zu geben, aber nichts, niemand, denn sie wartet auf einen, den es nicht gibt, den es nicht geben kann, der der Fantasie eines unbarmherzigen Gottes entspringt, welcher die Vorstellung von Liebe in die Herzen der Frauen einpflanzt.

Eine liebt einen Mann, aber er ist verheiratet, schwul, verloren, unzuverlässig, auf Geschäftsreise, auf dem Mond, im Zustand der Schwerelosigkeit. Sie trennt sich von ihm. Findet ihn einen Monat, ein Jahr, ein Jahrhundert später wieder und fängt noch einmal an. Auf ihn zu warten.

Eine fragt sich, ob sie schon am ersten Abend mit ihm ins Bett steigen soll, und es ist eine echte Frage, eine fundamentale, eine philosophische, die das Menschliche in der Zeit verankert, und nein, sie entscheidet sich für ein Nein, es ist besser, den Mann seiner Lust zu überlassen, und außerdem lädt kein Mensch sie ein, mit ihm ins Bett zu steigen, weder am ersten Abend noch am zweiten noch am letzten.

Eine empfindet überhaupt keine Lust mehr oder nur ganz wenig, weiß nicht mehr, wie der Körper funktioniert und wie man sich streichelt und wie man küsst und stellt sich vor den Spiegel und drückt ihre Lippen auf die glatte Oberfläche, und der Abdruck der Feuchtigkeit bleibt tagelang sichtbar. Und eine hat zu viel davon, zu viel Lust. Eine überschäumende Lust. Die den ganzen Raum einnimmt und sie beschäftigt. Und die sie nicht allein befriedigen kann, daher schaltet sie den Rechner ein und sieht anderen dabei zu, den Duos, den Trios, dem Gang Bang der Enthemmten, die das Fleisch in eine schlaffe, traurige Masse verwandeln, und sie sieht sich fast an ihrer Stelle, auf dem Rücken liegend, umgeben von Schwänzen und Hintern und von offenen, gierigen

Mündern, und die Lust auf einen Mann ist so groß, dass sie sich vor diesen kalten Bildern berührt.

Eine ist noch jung und bekommt es ständig zu hören, du bist noch jung, du bist noch jung, und doch ist in ihr drin alles welk, schwarz, kaputt, und das Alter hat mit dieser Zerstörung nichts zu tun, und die Männer interessieren sie nicht mehr, und sie könnte einschlafen und nie wieder aufwachen, und darum sagt man ihr immer wieder, du bist noch jung, du bist noch jung, du bist noch jung, damit sie es hört und sich überzeugen lässt.

Eine wird davon krank. Eine langwierige Krankheit fesselt sie ans Bett, macht sie müde, beschert ihr Übelkeiten, Fieber, ein plötzliches Frösteln, Hitzewallungen. Schlimmstenfalls einen Krebs, der ihr ein Stück Brust raubt, ein Stück Haut, eine unsichtbare, verborgene Stelle in ihrem Körper, die nicht mehr geliebt wird.

Eine würde gern nach Katalog bestellen. Mithilfe definierter Kriterien den passenden Typen finden. Sie kreuzt in einer Liste eine Reihe von Qualitäten an und liest noch einmal den genauen Wortlaut des Vertrags, der drei seriöse Treffen pro Monat garantiert und Geld zurück, wenn sie nicht zufrieden ist, und natürlich ist sie nicht zufrieden, aber wer ist schon zufrieden auf diesem Planeten, und wer entschädigt wen?

Eine geht in der Kunst auf und bemalt Kilometer von Leinwänden mit abstrakten Motiven, verfälschtem Kubismus, missglücktem Neoimpressionismus oder schreibt das Buch ihres Lebens, das Gedicht des Jahrhunderts über die Notwendigkeit, den Himmel mit einem Löffel auszuhöhlen, um dort einen Abdruck zu hinterlassen.

Eine hängt dauernd an der Strippe, hängt buchstäblich mit dem Hals an dem Maschinchen und wartet auf jede noch so kleine Nachricht, die sie mit der Welt verbindet, und wenn der Akku alle ist, wird sie wahnsinnig, läuft leer, und nichts ist so schrecklich wie diese allumfassende Stille.

Eine ist allein. Wie die Mutter, so die Tochter, Generationen von Frauen ohne Männer, und behauptet, dass man sehr gut ohne kann, träumt aber von einem Leben mit.

Eine träumt noch. Ist noch nicht kaputt, ist noch intakt, hoffnungsfroh und glaubt, dass man jemanden kennenlernen kann. Dem Zufall freie Hand lassen sollte. Es wäre ganz einfach, sofort klar, als würde sie ihn schon immer kennen. Keine Scheu, nicht diese Distanz, die alle Natürlichkeit unterbindet. Ein Blick, ein paar Worte. Die ganz große Liebe. Sie hofft so sehr, dass sie ihn eines Tages findet, diesen Mann, diese bessere Hälfte, die perfekt zu ihrem Körper passt. Sie unterhalten sich, sie lieben sich, sie verhaken sich ineinander und heiraten und bekommen viele Kinder.

Es ist der ideale Satz, um ein Märchen zu beenden, die Zauberformel, das Mantra, das man sich einprägen und immer wieder vorsagen muss, um zu überleben.

Also heirateten sie und bekamen viele Kinder.